Immer wenn du Schwalben siehst

AF235371

Bernd Rosarius

Immer wenn du Schwalben siehst

Erzählung

Impressum

Bibliografische Information der Deutschen Nationalbibliothek:
Die Deutsche Nationalbibliothek verzeichnet diese Publikation in der Deutschen Nationalbibliografie; detaillierte bibliografische Daten sind im Internet über http://dnb.dnb.de abrufbar.

© 2022 Bernd Rosarius

Lektorat: Gabriella Dietrich

Herstellung und Verlag: BoD – Books on Demand, Norderstedt

ISBN: 9783755770756

Diese Erzählung widme ich allen Menschen, die in ihrer Erinnerung die erste Liebe festgehalten haben

Bernd Rosarius

Eine Frau kann mit 19 entzückend sein, mit 29 hinreißend. Aber erst mit 39 ist sie absolut unwiderstehlich. Und älter als neununddreißig wird keine Frau, die einmal unwiderstehlich war.

Coco Chanel

Arbeitsende? Er konnte sich nicht dagegen wehren, obwohl er gerne weitergearbeitet hätte, doch die Zeit war reif für das Ende seiner Werktätigkeit. Sein Chef hatte ihm zum Abschied gesagt: "Nun können Sie das Leben genießen, Golf spielen und Reisen." Er nahm den kleinen Scheck und den Blumenstrauß schweigend entgegen und verließ seine zweite Heimat. Rente war das Wort zur Stunde, an das er sich gewöhnen musste. Roland Herzog spürte keine Lust, sich lange mit der Vergangenheit zu beschäftigen. Er wollte sein Häuschen renovieren und dazu gehörte eine genaue Analyse jedes Quadratmeters. Wo war es angebrachter, als auf dem Dachboden zu beginnen? Die steile Treppe bereitete ihm Probleme. Die Schmerzen in seiner Hüfte, das in Mitleidenschaft gezogene rechte Bein, verursachten Stiche, die durch seinen ganzen Körper drangen. Trotzdem kroch er auf dem Dachboden herum und kontrollierte jeden Koffer, alte Taschen und Kartons. Er entstaubte sie und begutachtete die Inhalte. Alte Kleidungsstücke, ausrangierte Werkzeuge, Campingausrüstungen und

Angelgeräte. Nichts von dem konnte er gebrauchen. Es waren alles Utensilien aus längst vergangenen Jahren. Plötzlich stutzte er. Eine kleine handliche Kiste entnahm er einem großen Karton. Als er diese öffnete, fielen ihm alte Fotos, Briefe und Andenken entgegen. Ein vergilbtes Foto erregte ihn. Es war das Bild seiner großen Jugendliebe Luise Rewe. Sie lebte mit ihren Eltern in Detmold. Ihr Vater war Regierungsbeamter, ihre Mutter Hausfrau. Luise und Roland waren fast jeden Tag zusammen. Sie liebten die Detmolder Altstadt, den Schlosspark, das Theater und die Fußgängerzone. Schon in der Schule waren sie befreundet. Sie erlernte den Beruf der Blumenbinderin und er lernte in einem Grafikstudio den Beruf des Grafikers. Sie schworen sich, immer zusammenzubleiben und später zu heiraten. Leider kam es anders. Die Trennung war unausweichlich. Ihre Eltern zogen nach München und sie musste mit. Ihr Vater bekam ein lukratives Angebot in der Bayerischen Staatskanzlei. An diesem Tag, unter dem Dach seines Hauses, flossen Tränen, weil er an die letzten Abschiedsworte seiner Geliebten denken musste. „Immer wenn du Schwalben siehst, bringen sie dir einen Gruß von mir." Mit dem Bild in der Hand ging er zum Dachfenster. Er hielt das Foto schräg, damit das Tageslicht das Bild besser ausleuchten konnte. Roland küsste das Bild und sagte: „Mein liebes Schwalbenkind. Ich hatte dich vergessen, doch die Erinnerung kam zurück, kraftvoll, schmerzhaft und sehnsuchtsvoll. Warum will ich das Haus renovieren? Will wissen, wie es dir ergangen ist., ob du überhaupt noch lebst und ob du glücklich bist. Ich komme und suche dich!"

***

Die Renovierung seines Hauses war Geschichte, bevor sie begonnen wurde. Seine Gedanken umkreisten die Vergangenheit, befanden sich im Zentrum seiner Jugendliebe und die Zeit, die sie miteinander verbrachten. Ihr Vater Rudolf war Beamter, das waren die spärlichen Erinnerungen. Roland saß einen Tag und eine Nacht an seinem PC, um im Internet nach Spuren zu suchen. Er fand keine. In der Kiste vom Dachboden fielen ihm einige Briefe auf, darunter ein paar Zeilen von Luise Rewe. Im Schlusssatz stand geschrieben: „Wenn du Karin Mollenhauer triffst, grüße sie von mir." Karin schoss es Roland durch den Kopf. Es war Luises Freundin, und er hatte sie zweimal gesehen. Ob sie noch lebte? Roland machte sich auf den Weg zum Detmolder Einwohnermeldeamt. Es ist nicht problemlos, bei der Behörde Daten zu erfragen. Roland musste seinen ganzen Charme spielen lassen, und das konnte er. Als die Sachbearbeiterin Rolands Geschichte erfuhr, sah sie in ihrem Computer nach, und sprach mit sanfter Stimme: „Die Dame heißt Karin Schmidt, geborene Mollenhauer und wohnt noch heute im Nibelungenweg." Roland dankte der Beamtin für ihre Hilfe, die nicht unbedingt legal war. Die Hausnummern in der besagten Straße waren nicht erkennbar oder kaum vorhanden. Er ging von Haus zu Haus, sah auf die Türschilder, bis er auf den gesuchten Namen stieß. Eine ältere Dame, die sich auf einem Stock abstützen musste, öffnete die Tür und fragte freundlich, was er denn wolle. „Entschuldigen sie bitte die Störung. Mein Name ist Roland Sievers…ich", er wurde plötzlich mit einem kurzen spitzen Ruf unterbrochen „Roland, du bist es wirklich, hast dich kaum verändert, komm rein." Sie ließ Roland den Vortritt, und beide nahmen an dem Wohnzimmertisch aus Eichenholz Platz. „Lust auf einen Kaffee", rief die Frau und wartete Rolands Antwort nicht mehr ab. Sie ging in die Küche, um alles Notwendige zu erledigen, dabei fragte sie: „Wir haben uns Jahrzehnte nicht gesehen. Nachdem Luise weggezogen war, hatte ich vielleicht noch ein Jahr Kontakt zu ihr…und du?" Karin kam mit zwei großen Tassen Kaffee zurück, stellte sie auf den Tisch und sah Roland dabei tief in die Augen. „Ihr habt euch doch geliebt. Wann hast du das letzte Mal von ihr gehört?" „Wir hatten uns noch ein Jahr geschrieben, dann war Schicht im Schacht. Nun möchte ich wissen, was aus ihr geworden ist, kannst du mir dabei helfen?" Karin überlegte kurz. „Ihr Vater war an die Bayerische Staatskanzlei versetzt worden. Ihre Mutter war zum Zeitpunkt des Umzugs schon schwer krank. Luise wollte nicht weg, sie wollte bei dir bleiben, aber sie musste umziehen, sie war ihren Eltern gegenüber verpflichtet. Die Briefe, die sie mir schrieb, trugen die Adresse Adlerstraße, 81827 München. Karin und Roland unterhielten sich bis in den späten Abend und tauschten Erinnerungen aus, die sie mit Luise hatten. Roland erfuhr, dass Karin Witwe ist und dass ihr Sohn in der oberen Etage wohnt, solo. Er hatte eine Scheidung hinter sich. Kinder gab es keine. Roland Recherchen im Internet hatten zuvor schon leichte Wellen geschlagen, zudem er einen kleinen Preis als Belohnung ausgesetzt hatte, wenn er Informationen über Luise Rewe bekommen würde. Er bekam Antworten, meistens waren es Trittbrettfahrer. Die Frage, die alle Schreiberlinge beantworten mussten, lautete: „Wie wurde Luise von mir damals genannt?" Unglaubliche Antworten bekam er daraufhin, die richtige war nicht dabei. Schwalbenkind wäre das gesuchte Wort gewesen. Roland setzte sich in seinen Automatik-Mercedes und fuhr nach München. In der Adlerstraße hatte er im Amedia -Hotel einige Übernachtungen gebucht. Im Internet gab er seinen Aufenthaltsort preis, damit man ihn jederzeit erreichen konnte. Sein Handy stand Tag und Nacht auf Bereitschaft. Es war am späten Nachmittag des Folgetages, als Roland mit der Zeitung im Foyer des Hotels saß und genüsslich ein Glas Bier trank. Plötzlich stand eine schwarz gekleidete Frau vor ihm und sagte. „Warum suchen sie meine Mutter? Was wollen sie von ihr?" Roland fuhr wie von der Tarantel gestochen aus dem Sessel. Bevor er sich aber auf ein Gespräch einlassen konnte, legte die Dame einen Zettel auf den Tisch, drehte sich um und verließ das Hotel. Roland sah ihr vom Fenster aus nach. Auf der Straße sah er einen Mann auf die Frau zugehen. Sie gerieten in Streit und der Mann schlug der Frau mit der flachen rechten Hand ins Gesicht. Die Frau verlor das Gleichgewicht und stürzte zu Boden. Roland lief zeitgleich mit zwei weiteren Gästen aus dem Hotel, um der Frau zu helfen. Die richtete sich wieder auf und zum Roland gewandt sagte sie: „Das war mein Bruder." Sie stieg in ein wartendes Taxi und fuhr davon. Roland sah auf den Zettel, darauf stand: „Luise Rewe, LMU, Nussbaum Straße 7. Zurück im Hotel fragte Roland an der Rezeption, was das für eine Adresse sei? Der Angestellte sah Roland fragend an, bevor er antwortete. „Das ist eine Klinik für Psychiatrie und Psychotherapie."

***

Rolands Besuch in dieser Institution war von Zweifeln gepeinigt, Fragen beschäftigten ihn. Warum ist sie in dieser Einrichtung? Wie muss sie sein? Welche Umweltvoraussetzungen haben sie gezwungen, dort ihr Dasein zu fristen. Nachdem er den Gebäudekomplex betreten hatte, erkundigte er sich an der Aufnahmestelle nach Luise Rewe. „Eine Frau Rewe gibt es bei uns nicht", sagte die freundliche Dame am Schalter. „Das ist ihr Mädchenname" warf Roland ein und die Dame tippte eifrig auf der Tastatur herum. „Hier gibt es eine Luise Bremer, geb. Rewe, sie haben recht. Sie wohnt Parterre Station 1a, übrigens direkt im Zugang zum Park. Dort lässt es sich aushalten." Roland bedankte sich artig und genauso freundlich und er suchte die Station 1a auf. Zuvor aber bat er die Stationsoberschwester Renate zum Gespräch. Er erzählte ihr seine Geschichte. Schwester Renate nahm sich Zeit und hörte zu. Sie sagte: „Wissen sie, Frau Bremer lebt nicht mehr in unserer Welt. Sie ist nicht ansprechbar, lässt sich führen und schaut teilnahmslos aus blutleeren Augen. Löschen Sie ihre

Erinnerungen, es ist eine fremde Frau, die auf ewig im Dunkeln lebt. Wenn sie etwas erreichen, würde es uns freuen. Sie ist im Garten und sitzt bei der großen Eiche auf einer Bank. Roland beeilte sich nicht, den Weg zu seiner Jugendliebe zu gehen, zu viele Gedanken gingen ihm gleichzeitig durch den Kopf. Zuerst sah er sie von hinten, bewegungslos auf der Bank sitzend. Graumeliert war ihr Haar, schlank ihr Körper, so taxierte er sie, als er sich ihr näherte. Die Frontseite überraschte ihn. Sie hatte eine ansprechende Figur, doch ihr Blick ging ins Leere. Leise, um sie nicht zu erschrecken, sagte er. „Luise, ich bin es Roland." Er zog das vergilbte Bild aus der Tasche und legte es in ihre Hände, dann nahm er neben ihr auf der Bank Platz. „Das sind wir beide, aufgenommen vor vielen Jahren in Detmold. Kannst du dich daran erinnern?" Nein, sie konnte sich nicht erinnern. Sie nahm den Mann neben sich nicht wahr. Das Foto fiel aus den schlaffen Händen zu Boden. Eine erfolglose Stunde blieb Roland bei ihr, dann suchte er Schwester Renate auf, die ihn zu einem Kaffee in das Besucherzimmer einlud. „Ich werde jeden Tag kommen. Irgendwann wird sie sich erinnern." Schwester Renate nickte „das würde uns sehr helfen. Kommen sie, wann immer sie wollen." „Bekommt sie Besuch?" „Ja, hin und wieder kommt eine in schwarz gekleidete Frau, das ist ihre Tochter" Schwester Renate erlaubte ihm, Luises Zimmer aufzusuchen. Der Raum war kläglich eingerichtet. Zwei Betten standen sich gegenüber, demnach wohnte sie hier nicht allein und das sollte Roland sofort merken. Eine Frau griff plötzlich nach ihm und schrie mit sich überschlagender Stimme. „Männer weg, weg mit Männern, weg, weg, weg." Er drehte sich um und sah in seltsame Augen, mit erweiterten Pupillen. Bevor er aber etwas sagen konnte, fasste Schwester Renate sie an die Schultern und zog sie aus der Tür. Es war die Zimmergenossin von Luise und sie war persönlichkeitsgestört. Roland sah sich weiter im Raum um und entdeckte ein Foto auf dem Nachttisch. Abgebildet waren zwei Männer, ein junges Mädchen und ein Jüngling. „Der eine ist mein Vater, der andere mein Stiefvater und mein Bruder." Er hörte die Stimme, erschrak sich und drehte sich um. Luises Tochter betrat den Raum. „Mein Vater ist der mit dem weißen Sweatshirt, der andere mein Stiefvater, naja und meinen Bruder hatten sie schon kennengelernt." „Warum sind sie so schnell ins Taxi gesprungen?" „Ich habe Angst vor meinem Bruder." „Warum denn, erzählen sie." „Kriegen sie es doch selbst raus. Ich weiß, dass sie die große Liebe meiner Mutter waren, aber glauben sie mir, besser ist es, sie vergessen, was sie hier gesehen haben und fahren wieder heim. Jetzt gehe ich zu meiner Mutter." Hannelore, wie ihr Name war, verschwand auf leisen Sohlen und Roland? Er fuhr nicht nach Hause.

***

Im Gegenteil, von Tag zu Tag besuchte er Luise. Er hakte sich bei ihr ein und nahm sie unter seine Arme, führte sie zu der Bank im Garten und sprach leise auf sie ein. Sie ließ alles mit sich geschehen. Er erzählte ihr von ihrer gemeinsamen Zeit in Detmold, von den heißen Sommermonaten, in denen beide im Freibad waren und vieles mehr. Nach wie vor reagierte sie nicht, egal wie er sich um sie bemühte. Roland gab nicht auf. Schwester Renate bewunderte seine Standhaftigkeit und seinen eisernen Willen. Erfolg zu haben. Wenn er Luise verließ, bot Schwester Renate ihm immer wieder einen Kaffee im Besucherzimmer an, später sogar im Schwesternzimmer. Es hatte sich beim Personal herumgesprochen, wie Roland sich bemühte. Er dankte den Schwestern und Pflegern für die Zuneigung. „Ich möchte sie bitten, mir jede Veränderung mitzuteilen, wenn sie etwas bemerken. Ich bin davon überzeugt, dass mein Weg der Richtige ist."
An einem der Folgetage erlebte Roland eine Überraschung. Bei Luise stand ein junger Mann und als dieser Roland erblickte, ging er

auf ihn zu und sprach mit einer sich überschlagenen Stimme. „Mein Name ist Wolfgang Bremer. Was belästigen sie ständig meine Mutter? Was wollen sie von ihr? Ich verbiete ihnen jeden weiteren Kontakt, verschwinden sie." Als Roland antworten wollte, ging Schwester Renate dazwischen. „Halten sie sich bitte zurück Herr Bremer. Herr Sievers ist ein Jugendfreund ihrer Mutter und es tut der Frau gut, wenn er hier ist. Das sollte auch in ihrem Interesse sein." Wortlos eilte Wolfgang Bremer davon. Er hörte aber, wie Roland ihm nachrief: „Ich wohne im Amedia, kommen sie, wir können reden." Die nächsten Tage vergingen und es änderte sich, außer dem Wetter, nichts. Weder Luises Tochter noch ihr Sohn zeigten sich. Roland saß Tag für Tag an Luises Seite, streichelte ihre Hände, sprach leise auf sie ein und betete im Geheimen um Erfolg für seine Bemühung. Er hatte ihr genug von Schwalben erzählt, alte Fotos gezeigt und gemeinsame Erinnerungen dargeboten, nichts half. An einem Montagmorgen sah er im Schaufenster eines Geschenkartikelladens das Modell einer

Schwalbe aus Holz. Dieser Kauf könnte weiterhelfen, dachte er, und so erwarb er das Stück und besuchte damit Luise, die wieder teilnahmslos auf der Bank saß. Er setzte sich wie üblich neben sie und zog langsam die Holzschwalbe aus einer Plastiktüte, um sie Luise auf den Schoß zu legen. Mit Begeisterung und erwartungsvoll sah Roland, wie sich Luises Kopf senkte, wie ihre Finger die Schwalbe ertasteten. „Es ist für dich, du Schwalbenkind, es ist für dich." Mit Tränen in den Augen nahm er ihre Hand fest in die seinigen. Mit brüchiger Stimme hörte er sie sagen: „Roland, bist du es?" „Ja, ja ich bin es", rief er begeistert und vernahm kaum ihre letzten Sätze, bis er sich später ihrer Worte erinnerte. „Geh fort, sie werden auch dich töten. Geh zu Larissa." Dann versank sie wieder in ihrer dunklen Welt. Alle Bemühungen sie zum Sprechen zu bringen, verliefen ergebnislos. Es war wieder der alte Zustand, den er kannte. Luises Satz ging ihm nicht mehr aus dem Kopf. Wer wollte ihn töten, hier im Krankenhaus? Ihre Familie? Außenstehende? Und wer war Larissa? Als er ging, trat ihm Schwester Renate entgegen. „Wie war es heute?", fragte sie und Roland zuckte mit den Schultern „keine Veränderung, wie immer." Niemandem erzählte er von dem kurzen Augenblick, in dem Luise zu ihm sprach. Jetzt wollte er wissen, wer Larissa war.

***

Weder mit Luisas Tochter noch mit ihrem Sohn war ein Gespräch zu führen, Roland wollte niemanden von der kurzfristigen Sprach-Klarheit Luises erzählen. Zu gerne würde er wissen, wodurch sie so krank geworden ist. Larissa ist kein seltener Name. Beim Einwohnermeldeamt würde er aus Datenschutzgründen nichts erfahren. Roland fuhr zur Polizeiinspektion am Olympiapark und stellte sich bei Kommissar Wolfgang Braun im Kommissariat 1 vor. Ohne Umschweife erzählte er seine Geschichte und betonte dabei immer wieder die Dringlichkeit seines Anliegens. Kommissar Braun brachte Roland großes Verständnis entgegen, er musste sich aber an den Gesetzmäßigkeiten orientieren. „Was ich kann", sprach er zu seinem Gast, „Ich gehe mit dem Computer die Namen durch, ob vielleicht eine Verbindung zu einer Luise gegeben ist. Warten sie in der Besucherloge, ich melde mich." Roland setzte sich in den schweren Ledersessel, der scheinbar nur für besondere Gäste vorgesehen war. Lustlos blätterte er durch eine, auf dem Tisch liegende

Autozeitung und blätterte Seite für Seite um, ohne die Bilder, geschweige erst den Text zu verinnerlichen. Kommissar Braun weckte ihn aus seiner Lethargie und bat ihn in sein Büro. „Es grenzt an ein Wunder, aber es gibt wirklich eine Larissa im Zusammenhang mit einer Luise. Larissa Stankowiak war in einen Auto-Unfall verwickelt, den sie nicht verschuldet hatte. Der Unfallgegner hatte sie angezeigt. Sie hatte aber eine Zeugin, die sie glaubwürdig entlasten konnte, und das war Luise Bremer. Frau Stankowiak wurde freigesprochen." Roland war aufgeregt. „Können sie mir die Adresse geben?" Herr Brauns Augen zogen sich seltsam nachdenklich zusammen. „Nun kommt die schlechte Nachricht. Larissa Stankowiak ist tödlich verunglückt. Sie überquerte einen Zebrastreifen, als ein Fahrzeug deutscher Marke sie mit überhöhter Geschwindigkeit erfasste. Der Fahrer beging Fahrerflucht. Ende der Geschichte. Das hilft ihnen wohl nicht weiter." Roland schüttelte den Kopf: „Wohnte sie allein oder war sie verheiratet, hatte sie Kinder?" „Eine Schwester hatte sie,

Norma Kirchner, sie wohnt im Schlüsselblumenweg Nummer zehn." Roland dankte Herrn Braun und lief zur nächsten Bushaltestelle. Mit öffentlichem Verkehrsmittel konnte man die Entfernung schnell überbrücken. Als Roland vor dem Haus der Schwester stand, überlegte er erst lange, wie er das Gespräch beginnen konnte. Die Überlegung verkürzte sich automatisch, nachdem eine Frau die Tür von innen geöffnet hatte. „Wer sind sie und was wollen sie von mir?", fragte eine zarte, aber trotzdem robuste Stimme, und Roland erwiderte sofort, „Wenn sie Norma Kirchner sind, würde ich sie gerne nach ihrer Schwester Larissa fragen. Ich bin ein Jugendfreund von Luise Bremer, eine Freundin ihrer Schwester." „Ja, ich bin die Schwester von Larissa. Ich habe ihnen nichts zu sagen." Als sie die Haustür schließen wollte, hielt Roland sie mit der Hand offen. „Bitte tun Sie mir nur den einen Gefallen, Luise ist im Pflegeheim. Sie lebt nicht mehr in dieser Welt. Es ist ein trauriges Schicksal. Sie hatte nur einmal, in einem wachen Moment, mich erkannt und gesagt, ich solle zu Larissa gehen oder nach Hause fahren, sonst würde man mich auch töten. Ich muss wissen, was geschehen ist, bitte Frau Kirchner, helfen sie mir." Die Frau sah nach unten „Nehmen sie ihre dreckigen Schuhe aus meiner Tür, dort ist eine Bank." Sie zeigte auf die morsche Bank rechts neben der Haustür. „Setzen sie sich, ich komme gleich." Roland tat es, wie man ihm ausdrücklich befohlen hatte, und wartete geduldig auf die Hausbesitzerin. Norma Kirchner kam, setzte sich ungezwungen neben Roland auf die Bank. Er sah, dass die Frau ihre Schürze abgebunden hatte und sich schnell noch ihre Haare richten konnte. Eitel ist sie und hübsch, und ist vielleicht so alt wie ich, dachte Roland „Was wollen sie wissen?" fragte die Frau seltsam ruhig. „Was wissen sie über Larissa und Luise?" „Meine Schwester ist ermordet worden." Kurze Pause und Roland musste sich schütteln, dann fuhr sie fort. „Der Angriff galt aber Luise, schon beim ersten Unfall. Die beiden waren Freundinnen und das schon einige Jahre. Auto fahren in München ist nicht besonders lustig, darum hatten sich die beiden überlegt, einen Wagen gemeinsam zu kaufen. So kam es, dass mal meine Schwester den Wagen fuhr und mal Luise. Ich muss etwas weiter ausholen. Manfred Rewe, Luises erster Mann war ein herzensguter Mensch, vielleicht ein bisschen zu gutgläubig. Er war Ingenieur in Ostafrika. Dort hatte er und seine Kameraden eine Ölquelle entdeckt. Einer der Kameraden war Carsten Bremer. Die Quelle sprudelte und das Geld auch. Die Firma hatte Luises Mann gegründet, er war also der Chef. Sein Freund Carsten wollte im Interesse aller, den Fund auf die Firma eintragen lassen, darauf hatte sich Manfred eingelassen und darauf vertraut, dass sein Partner die Eintragung korrekt vornimmt. Es kam aber anders. Er hatte die Quelle auf seinen Namen eintragen lassen und damit war Manfred und die Kollegen außen vor. Als Manfred rechtlich gegen seinen Freund vorgehen wollte, verschwand Luises Mann. Viel später fand man seine Leiche im Seitenarm der Isar. Ob Carsten damit etwas zu tun hatte, war nicht zu ermitteln. Er kümmerte sich sehr um Luise und um ihre Tochter, die Zusammenhänge kannte Luise nicht. Nach der Trauer um ihren Ehemann, wandte sie sich Carsten zu, den sie auch schließlich heiratete. Nun kommt das Kuriose. Manfred hatte Carsten angezeigt und diese Anzeige war noch gegenwärtig. Er hatte als Rechtsnachfolgerin seiner Interessen, seine Frau Luise eingesetzt. Sie wurde von amtlicher Stelle nicht kontaktiert und wusste im Grunde von nichts. In diesem Nichtwissen sollte sie auch bleiben, dazu musste sie aus der Welt geschaffen werden. Beim ersten Autounfall dachte man, Luise würde den Wagen fahren, es war aber meine Schwester. Der Unfall ging glimpflich aus, weil Luise als Zeugin aussagte. Beim zweiten Unfall waren die Mörder gründlicher. Auch hier war es wieder ein geplanter Unfall, die für meine Schwester tödlich endete. Ein seltsamer Unfall, denn sie wurde auf dem Zebrastreifen überfahren. Luise saß im Wagen und wartete auf ihre Freundin, die nicht kam. Als sie es erfuhr, erhielt sie einen schweren Schock. Das ist nun die ganze Geschichte, was können sie damit anfangen?" Roland wischte sich den Schweiß von der Stirn und antwortete. „Ich werde versuchen Luise zu helfen und Larissa zu rächen und wenn es mein Leben kosten sollte." Norma Kirchner war ganz angetan von dieser Aussage. „Kommen sie ins Haus. Wir trinken einen Kaffee zusammen."

***

Zurück in Hotel versuchte sich Roland zu sammeln. Er musste die Eindrücke verarbeiten und die Geschichte von Norma richtig einordnen. Das fiel ihm schwer, denn er hatte kein rechtliches Mittel, irgendwelche Nachforschungen zu betreiben. Er durfte auch niemanden davon erzählen. Die Ruhe und das sich sammeln im Hotel war ihm nicht gegeben. Ohne anzuklopfen, stand Luises Tochter Hannelore, wieder ganz in Schwarz gekleidet, in seinem Zimmer, „Kommen sie ruhig rein" rief Roland ironisch, obwohl er sah, dass sie längst schon im Zimmer stand und sich unaufgefordert in den breiten Sessel setzte. „Was kann ich für sie tun", sagte er. „Haben sie von meiner Mutter etwas erfahren?" „Nein, nichts", schüttelte er den Kopf und antwortete ziemlich lustlos. „Ich werde es weiter versuchen, solange bis sie mich im Unterbewusstsein vielleicht wahrnehmen kann." „Meine Mutter schafft es nicht. Sie kommt aus ihrem Trauma nicht raus." Er sah Hannelore misstrauisch an „Können sie mir erzählen, wodurch ihre Mutter in den Dämmerschlaf geraten ist?"

„Ihr zweiter Mann und sein Sohn Wolfgang haben es vollbracht. Sie haben sich mein Erbe unter den Nagel gerissen und bewusst meine Mutter in den Wahnsinn getrieben. Mein leiblicher Vater hatte mir Geld hinterlassen." „Ihr Vater war Manfred Rewe. Wie ist er gestorben?" „Das weiß ich nicht, er soll sich selbst umgebracht haben, das glaube ich aber nicht. Die Bremers haben sicherlich damit zu tun." Roland wurde immer hellhöriger „Man verfällt doch nicht einfach so in den Wahnsinn, nur weil man sich ärgert oder gedemütigt wird." Hannelore stand auf, sah kurz aus dem Fenster und drehte sich mit ernster Miene um. „Ich habe ihnen die Adresse meiner Mutter gegeben. Sie leidet nicht unter Demenz Ich hoffe das ein Jugendfreund, wie Sie es sind, ihr aus der düsteren Welt zurück ins Leben helfen kann. Ich brauche auch ihre Hilfe und vielleicht auch ihren Schutz." Gerade als sie gehen wollte, ging wieder die Tür auf und unaufgefordert stand breitbeinig Wolfgang Bremer im Raum. „Du hier?", schrie er, „Verschwinde aus meinen Augen." Er zerrte mit seinen Armen an dem schwarzen Umhang seiner Schwester. „Stopp", rief Roland. „Hier habe ich das Sagen. Wenn ihr schon das Anklopfen nicht kennt, verhaltet euch wenigstens sittsam." Hannelore verließ das Hotelzimmer und rief über ihre Schulter. „Viel Vergnügen, dann lassen sie sich Volllügen, zu mehr ist der Scheißkerl nicht in der Lage." Hannelore war entschwunden und Wolfgang wollte wütend hinter ihr herlaufen. Roland hielt ihn fest und drückte ihn in den mittlerweile freigewordenen Sessel. „Was wollen sie von mir?" „Ich will, dass sie verschwinden, meine Mutter in Ruhe lassen. Sie hat es schwer genug." „Das glaube ich gerne. Ich werde erst wieder gehen, wenn ich weiß, aus welchem Grund ihre Mutter krank geworden ist, oder können sie mir etwas darüber sagen?" Wolfgangs Gesichtszüge entspannten sich etwas. „Ich kann ihnen nichts sagen. Vielleicht hat meine Schwester Killer beauftragt, meine Mutter in den Zustand zu versetzen, in dem sie sich jetzt befindet. Sie hat doch Geld geerbt, vielleicht hat sie damit die Killer bezahlt." So langsam wurde Roland ungemütlich und ungeduldig. „Passen sie mal auf Herr Bremer. Mich interessiert ihr Verhältnis untereinander nicht. Ich werde erst wieder gehen, wenn ich weiß, woran meine über alles geliebte Jugendfreundin erkrankt ist. Bitte senden Sie ihrem Vater Grüße von mir. Ich möchte ihn gerne besuchen." Wolfgang erhob sich und beide Männer standen sich Nase an Nase gegenüber „Verschwinden sie" raunte Wolfgang ihm zu und Roland erwiderte. „Ich bleibe wie eine Klette an ihnen dran und nun verlassen sie mein Zimmer." Unsanft schob er Bremer Junior dem Ausgang entgegen, um hinter ihm die Tür abzuschließen. Der Geschwisterhass wird schon eine Bedeutung haben, wusste Roland zu resümieren. Die Geschichte von Norma Kirchner beinhaltet den Schlüssel zu allem Übel. Außerdem ertappte er sich dabei, die Frau als sehr attraktive Frau in Erinnerung zu behalten.

***

Roland fuhr wieder zu Luise in die Klinik. Er traf sie, wie immer, auf der Bank im Park an. Sie hielt die Schwalbe aus Holz in der Hand und Roland legte die seine auf ihren Handrücken. „Gib mir bitte ein Zeichen Luise, wer wollte oder will dir böses antun." Keine Reaktion konnte er wahrnehmen. Er sah nur, wie ihre Hände die Schwalbe streichelten. „Das sind wir Luise. Du und ich Roland vor vielen Jahren weißt du es nicht? Ich habe dich so geliebt." Er glaubte kurzzeitig ein Lächeln erkannt zu haben, doch es war mehr der Wunsch als reale Gestik. Roland fuhr in das Hotel und wählte die Telefonnummer von Carsten Bremer. Die Stimme am anderen Ende der Leitung war ihm nicht sonderlich sympathisch. „Mein Name ist Roland Sievers, ein Jugendfreund ihrer Frau aus längst vergangenen Zeiten. Ich würde mich gerne mit ihnen unterhalten." „Worüber" knurrte Bremer. Über die Krankheit ihrer Frau." „Fragen sie doch die Ärzte, nein warten sie. Sie haben doch meinen Sohn aus der Wohnung geworfen. Ich würde sie gerne treffen, aber nicht bei mir. Kommen

Sie zum Olympiastadion, dort gibt es ein Café, dort treffe ich Sie morgen um fünfzehn Uhr. Ich bringe meinen Sohn mit." Roland nickte und antwortete. „Ich komme, auch ich bringe jemanden mit. Dann sind wir paritätisch besetzt." Ein gequältes Lachen folgte diesem Telefonat. Roland wusste nicht, wen er mitnehmen sollte. Nora Kirchner fiel ihm ein, sie wollte ihm doch helfen. Er rief sie an und war völlig überrascht, dass Nora dem Treffen sofort zustimmte. Nora war eine Frau in Luises Alter. Sie war geschieden und hatte einen Sohn, der in Amerika mit seiner Familie lebte. Ihre Familie war ihre kinderlose Schwester Larissa. Als sie tödlich verunglückte, brach für Norma eine Welt zusammen. Danach hatte sie sich zurückgezogen, wollte mit der Gesellschaft nichts mehr zu tun haben. Jetzt aber, wo Roland aufgetaucht war, sah sie eine Möglichkeit, den Tod ihrer Schwester auf andere Weise nachträglich zu verarbeiten. So fuhr sie mit ihrem Fahrrad zu Roland in das Hotel. Sie tranken in der Hotelbar gemeinsam ein Café und erzählten sich gegenseitig

Geschichten aus ihrem Leben. Als das Thema Larissa angeschnitten wurde, weinte Norma und Roland legte seinen rechten Arm um ihre Schulter und drückte sie stark an sich. Vertrauen wurde aufgebaut und Roland ertappte sich dabei, wie er, ohne nachzudenken, mit seinem Taschentuch ihre Tränen von der Wange wischte. „Darf ich du sagen?", flüsterte sie und Roland nickte, „Natürlich." Sie fuhr fort: „Wenn du das nächste Mal Luise besuchst, darf ich mitkommen? Ich habe sie nur zweimal gesehen und kaum gesprochen." Wieder nickte Roland. Als die beiden zeitgleich mit Bremer im Café am Olympiastadion eintrafen, war das Verhältnis der Parteien sehr einsilbig und gezwungen freundlich. „Sie waren doch der Meinung, ich hätte ihre Schwester getötet", wandte er sich an Norma und sie nickte auffällig und antwortete mit einem klaren „Ja." Wer nun Schuld an dem Unfalltod von Larissa hatte, spielte für Roland in diesem Augenblick keine große Rolle. Er sagte: „Sie sind der Ehemann von Luise, meiner Jugendfreundin. Ich möchte nur wissen, wodurch sie so erkrankte". Als Sohn Wolfgang etwas sagen wollte, hielt sein Vater ihn mit dem rechten Arm zurück. „Die Polizei, Feuerwehr, Sachverständige, alle hatten den Unfalltod von Larissa untersucht. Es war ein Unfall und so steht es auch in den Untersuchungsergebnissen. Ich geriet in Verdacht, weil meine Frau Luise hätte am Steuer sitzen können und weil man die Vorgeschichte mit ihrem ersten Ehemann kannte. Dazu möchte ich folgendes sagen. Manfred Rewe und ich waren Freunde. Wir gründeten eine kleine Firma und fanden durch akribische Arbeit Öl. Nun sind Ölfunde Landesbesitzungen und wir wurden nie Besitzer der eigenen Ölquelle. Unsere Firma hatte Rechtsansprüche und die Ansprüche mussten geltend gemacht werden. Ich war kaufmännisch etwas geschickter als mein Freund. Er bat mich unsere Ansprüche zu sichern, er vertraute mir. Als ich in Berlin die Ansprüche schriftlich fixieren musste, mit einem Notar, war nur ein Name als Hauptgeschäftsführer gefragt. Also trug man mich ein. Dass ich auch gleichzeitig Inhaber der Firma wurde, war mir nicht bekannt, ob man mir das glaubt oder nicht. Mein Freund bekam eine Abschrift der Urkunden zugeschickt und bevor ich etwas sagen konnte, kündigte er mir die Freundschaft. Sein plötzlicher Tod hatte mich sehr getroffen. Ich kümmerte mich um seine Frau. Aus der Fürsorge wurde Zuneigung und später auch Liebe. Wir heirateten. Luise kannte die Verträge nicht, auch nicht den Passus, dass im Falle des Todes vom Mitgesellschafter Manfred Rewe, denn Mitgesellschafter war er ja, die Rechte automatisch auf seine Ehefrau Luise übergehen würden. Im Falle ihres Todes wäre ich alleiniger Herrscher. Also konnte man eins und eins zusammenzählen. Wer hatte nun Interesse an Luises Tod, doch nur ich. Diese Gerüchte hielten sich hartnäckig und ich war hinfort nur noch ein Geächteter. Nach dem Unfalltod von Larissa verlor Luise alle Hoffnungen. Sie nahm an Gewicht ab, aß nicht mehr viel, weinte stundenlang und wollte sterben. Ich bat einen Arzt um Begutachtung und er empfahl mir, sie einzuweisen. Tag für Tag verlor sie die

Orientierung und später auch jegliche Erinnerung. Mein Sohn kümmert sich rührend um sie. Das ist meine Geschichte, die ich ihnen erzählen wollte." „Was ist mit seiner Schwester" wollte Roland wissen und zeigte auf Wolfgang. Nun konnte dieser endlich auch seinen Beitrag zum Gespräch leisten. „Sie haben doch gesehen, dass wir uns nicht verstehen. Meine Halbschwester ist der gleichen Meinung wie die öffentliche Wahrnehmung, dass wir schuld am Niedergang von Luise sind. Sie möchte jeden Besuch unsererseits unterbinden." Norma und Roland machten sich ihre Gedanken. Als die Caféhaus-Sitzung beendet war, fragte Roland. „Glaubst du den beiden". Wieder vernahm er ein deutliches und lautstarkes „Nein."

***

Norma Kirchner lud Roland zu sich nach Hause ein. Bei einem Glas Wein konnte man viel beschwingter reden. So tauschten sich beide aus, über ihre Partnerschaften, über ihre erste Liebe und die unterschiedlichsten Probleme, die sie zu bewältigen hatten. Ein neutraler Beobachter hätte sehen können, dass Sympathie zwischen den beiden in den Spielen war. „Du kannst heute Nacht hierbleiben", sagte sie zu Roland, „Du hast genug getrunken. Ich mache dir das Bett auf dem Sofa. Es ist nur ein Angebot. Erzähle mir noch, wie stark deine Liebe zu Luise war." Roland nahm das Angebot gerne an und erzählte aus längst vergangenen Zeiten. „Wir waren als Kinder schon zusammen, niemand konnte uns trennen. Wir wollten auch heiraten. Später zogen die Eltern nach München und Luise musste mit. Wir schrieben uns noch einige Male, dann unterblieb auch diese Kommunikation. Jedem Brief legte ich eine kleine Papierschwalbe bei, denn das war unser Lieblingstier. Wir saßen oft in der Dämmerung auf einer Bank und suchten die Schwalben, die schnell und ohne

Rast an uns vorüberflogen. Für uns war es eine heile Welt. Die Erinnerung verblasste. Erst als ich den Dachboden meines Hauses aufräumen wollte, fiel mir ein Foto von ihr in die Hände und die Erinnerungen kamen zurück. Ich wollte wissen, was aus ihr geworden ist, und nun das." Norma streichelte zum Trost seine Hand. Sie redeten bis tief in die Nacht hinein. Sie sagte: „Morgen gehen wir zu Luise, vielleicht erreicht uns ein Wunder. Gute Nacht." Sie gab ihm ein Kuss auf die Wange und ließ Roland allein im Wohnzimmer zurück, der sich überrascht immer wieder über seine Wange strich. Mit einem Kuss hatte er nicht gerechnet. Als sie Luise im Krankenhaus auf ihrer Bank trafen, gab es die gleiche Ausgangsposition, keine Wahrnehmung der Umwelt, Liebkosung der Holzschwalbe und ein starrer Gesichtsausdruck. Roland streichelte ihre Hände und erzählte ihr von dem Gespräch mit ihrem Mann. Plötzlich spürte er einen leichten Druck ihrer Hand und ein Lächeln. Ein wunderbares, hoffnungsvolles Lächeln. „Luise", sagte er, „hier ist die Schwester von

Larissa." Er nahm Normas Hand und legte sie auf den Arm von Luise. Plötzlich schrie sie auf und zog den Arm weg. „Geh weg, Larissa komm." Erschreckt zog Norma ihren Arm weg und ging zwei Schritte zurück. Sofort griff Roland wieder ein und sah, dass Luise immer ruhiger wurde. Als beide das Sanatorium verließen, schwiegen sie sich eine ganze Weile an, dann fragte Norma „Was war das denn?" Roland zuckte mit den Schultern. „Ich weiß es nicht." Schweigsam fuhr er sie nach Hause. Als sie ihn noch einladen wollte, schüttelte er den Kopf. Erst in seinem Hotel ging ihm Luises Reaktion auf Norma durch den Kopf. Warum diese Reaktion? Verbirgt Norma ein Geheimnis. Hatte sie ihm nicht die Wahrheit gesagt? Rolands Zweifel überwogen. Er musste einen Weg finden, um näher in den inneren Kreis der Geschichte hineinzukommen. Er brauchte einen Privatdetektiv.

***

Roland war sich plötzlich nicht mehr sicher, ob er Norma vertrauen konnte. Die Reaktion von Luise war eindeutig. Er wartete auf den Privatdetektiv Herrmann Tröger, der pünktlich, hektisch, mit seiner Aktentasche unter dem Arm zu ihm eilte. „Was genau wollen sie geprüft haben. Bitte um Kurzform, dann lassen sie mich meine Arbeit machen. Dort auf dem Tisch liegt die Rechnung für die Anzahlung, nach erfolgreicher Arbeit, bekommen sie eine weitere Rechnung." Er zeigte dabei unmissverständlich auf die Rechnung auf dem Tisch. Wenn der so schnell arbeitet, wie er redet, kann nichts schiefgehen, dachte Roland und warf einen Blick auf die Rechnung. „Schauen sie sich bitte die Firma ‚Bremers Öl' an, dann den Tod von Manfred Rewe, die Eigentumsverhältnisse von Carsten und Wolfgang Bremer und die Verwicklungen von Luise Bremer. In diesem Zusammenhang interessiert mich auch Norma Kirchner. Ich habe ihnen alle Details in diesem Aktenordner zusammengefasst." Er übergab den Ordner an den Detektiv, der danach sofort verschwand. Bei Norma hatte sich Roland nicht mehr gemeldet, dafür stand sie aber von sich aus vor der Tür. „Warum meldest du dich nicht, was habe ich dir getan?" Roland bat sie herein und platzierte sie in den nächsten freien Sessel. „Ich muss mit der ganzen Situation erst einmal klarkommen, verstehst du?" Sie sah eine Visitenkarte auf dem Tisch liegen und nahm diese zur Hand. „Du hast einen Privatschnüffler beauftragt?" „Ja, was meinst du denn. Welche Mittel stehen mir sonst zur Verfügung?" „Vertraust du mir nicht?" Als sie das sagte, wirkte sie sehr traurig und Roland wollte den Eindruck relativieren. „Was meinst du? Die Reaktion von Luise auf deinen Fürsprecher hat mich sehr überrascht. Es hatte den Anschein, als würde sie dich hassen. „Norma holte tief Luft. „Und wenn das so wäre, wenn sie statt meiner Larissa erkannt hätte, Ihr Ruf nach Larissa war eindeutig." „Dann hätte sie Wut auf deine Schwester gehabt. Sie waren doch Freundinnen, denke ich." Beide schwiegen, denn keiner wusste, was der andere im Herzen dachte. Schließlich bat Roland um etwas Geduld, er wolle sich bei ihr melden. An den darauffolgenden drei Tage besuchte Roland Luise weiterhin im Sanatorium, ohne eine nennenswerte Veränderung zu erkennen. Am dritten Tag traf er bei Luise auf die Tochter Hannelore Rewe. „Warum tragen sie immer schwarz?" wollte Roland wissen und erhielt keine Antwort, Luise ging es nicht besonders gut. Sie schien sich übergeben zu wollen. Hannelore warf ihre Handtasche auf die Bank und beugte sich zu ihrer Mutter, um sie zu stützen. Schon eilte das Pflegepersonal herbei, um zu helfen. Hannelores Tasche auf der Bank war umgefallen. Ein Schlüsselbund, eine Scheckkarte und eine Tablettenpackung fielen heraus. Roland nahm wahr, dass es sich um ein Medikament handelte, das Diazepam enthielt. Es war ihm bekannt, dass dieser Wirkstoff ein Beruhigungsmittel war, das ohne ärztliche Aufsicht zum Tode führen konnte. Eine Frage konnte sich Roland nicht verkneifen. „Das Medikament ist gefährlich, wozu brauchen sie das?" Gelassen steckte Hannelore ihre Utensilien zurück in die Tasche und antwortete. „Ich brauche das für meine Nerven." Roland gab sich mit der Antwort zufrieden. An den nächsten Tagen wartete er ungeduldig auf Herrmann Tröger, den Detektiv. Dieser hielt seinen Zeitplan genau ein und besuchte Roland an einem frühen Morgen. Den Kaffee, den Roland ihn anbot, nahm er nicht zur Kenntnis. Sofort begann er seine Ermittlungen bekannt zu geben. „Die Firma Bremers Öl existiert. Sie haben keine Rechte an der Quelle, aber an dem Bezug von Öl. Sie verkaufen das Öl an die Industrie und ihnen geht es finanziell gut. Der alleinige Inhaber ist Carsten Bremer und der Geschäftsführer ist sein Sohn Wolfgang. Interessant ist der plötzliche Tod von Manfred Rewe. Er joggte an der Isar, als ein Fahrradfahrer mit hoher Geschwindigkeit ihn von hinten anfuhr. Er stürzte die Böschung herunter, stieß sich den Kopf an einem Stein und ertrank in dem Nebenfluss der Isar. Der Fahrradfahrer wurde wegen Verkehrsgefährdung zu einer Geldstrafe verurteilt. Seine leibliche Frau Luise wurde als Gesellschafterin weitergeführt. So weit ist alles regulär und ohne Beanstandung." „Gibt es keine Ansatzpunkte für Ungereimtheiten?", wollte Roland wissen. „Ich bin noch nicht fertig. Sie haben doch nach Larissa Stankowiak gefragt. Der Fahrradfahrer war ihr Bruder, also auch der Bruder von Norma Kirchner. Ist die Überraschung gelungen?" Roland stand die ganze Zeit, doch jetzt musste er sich in seinen Sessel fallen lassen. „Die beiden haben doch keinen Bruder?" „Doch haben sie, ich habe Einblick beim Einwohnermeldeamt bekommen." „Lebt dieser ominöse Bruder noch" „Ja, in Südfrankreich. Es geht ihm gut. Hat viel Geld und das ohne Arbeit." „Das sind doch alles keine Zufälle", rief Roland und sprang erregt auf. Herr Tröger drückte ihn vorsichtig zurück in den Sessel. „Ich vervollständige jetzt das Bild „Wissen sie wer das Haus bezahlt hat, in dem Norma Kirchner wohnt? Ihr Bruder aus Südfrankreich." Diese Nachricht musste Roland erst einmal verdauen. Nach Manfreds Unfalltod sollte der Bruder und auch Larissa verschwinden. Man wollte nicht die Firma mit Problemen belasten. So galt der Verkehrsunfall nicht Luise, sondern tatsächlich Larissa. Ihren Bruder hatte man abgeschoben nach Südfrankreich und Norma? Was wusste sie? Welches Geheimnis umgab sie?

***

Der Weg zur Norma wurde länger als gedacht. Er konnte nicht verhehlen, dass diese Frau einen unwiderstehlichen Reiz auf ihn ausübte. So etwas soll es geben. In der Literatur werden viele Beispiele genannt. Schnell schob er seine Gedanken ins Abseits und konzentrierte sich auf den Besuch. Norma empfing ihn anfangs etwas zurückhaltend. Als sie sah, dass Roland lächelnd auf sie zuging, verlor sie ihre Zurückhaltung und umarmte ihn leidenschaftlich und voller Selbsthingabe. Er spürte ihren leicht bebenden Körper und er erwiderten diesen Druck mit seiner ansteigenden Männlichkeit. Sich über Probleme zu unterhalten, war jetzt nicht der Augenblick. Norma schloss ihre Augen und sie zog ihren Gegenüber das Sakko aus, ließ es auf den Boden fallen und begann an den Hemdknöpfen zu hantieren. Dabei zog sie ihn in erregender Pose in das Schlafzimmer. „Luise verzeih mir, ich bin auch nur ein Mann" dachte er und gab sich dem wilden Spiel der Leidenschaft hin. Sie brannten ein erotisches Feuerwerk ab. Diese Nacht würde Roland noch lange in Erinnerung bleiben. Es war nicht so, dass er alles um sich herum vergaß. Der eigentliche Grund seines Besuches war wieder gegenwärtig. „Ich muss auf die Toilette und werde mich im Bad gleich frisch machen. Lies so lange die Tageszeitung, sie liegt im Wohnzimmer auf dem Tisch." Norma griff nach ihrem Bademantel aus Satin und eilte ins Badezimmer. Roland, der sich mittlerweile vollständig bekleidet hatte, ging ins Wohnzimmer und sah sich um. Die Zeitung auf dem Tisch interessierte ihn nicht. Die Familienbilder auf dem Fenstersims interessierten ihn mehr. Er nahm das Bild eines bärtigen Mannes zur Hand und betrachtete es aufmerksam. Er drehte das Bild um und sah, mit Tesafilm befestigt, einen Zettel mit einer Adresse darauf. Es war die Adresse ihres Bruders Enzo Luisiano, wohnhaft in Castelnou. Dieser kleine Ort lag achtzehn Kilometer von Perpignan entfernt auf einer Anhöhe. Er entfernte schnell den Zettel von der Rückseite des Fotos und steckte es ein. Als Norma frisch geduscht, mit aufgesteckten Haaren zurückkam, sagte sie: „Frühstücken wir zusammen? Was hast Du heute vor?" Roland legte seine Stirn in Falten, schaute auf die Uhr und sagte: „Ich habe noch einen Termin mit der Familie Bremer." „Du gibst wirklich nicht auf?" „Ich kann nicht Norma, ich muss wissen, was mit Luise geschah, aber Zeit zum Frühstück habe ich noch. Beide genossen das reichhaltige Frühstück. Sie sprachen nicht viel. Über die vergangene Nacht verloren sie kein Wort. Norma musste zwischendurch immer wieder den Tisch verlassen, um das Salz für die Eier zu holen oder die Gläser neu mit dem Orangensaft zu füllen. „Wenn Du jedes Mal in die Küche laufen musst, bleibst Du schön schlank", lachte Roland und genoss seinen Toast mit erlesener Marmelade. Nach dem Frühstück verabschiedete er sich von Norma, indem er sie fest umarmte und auf den Mund küsste. „Es war schön mit Dir", säuselte er ihr ins Ohr und verließ das Haus. Sein Wagen stand in einer Nebenstraße. Er wollte nicht Norma vor der Nachbarschaft kompromittieren. Er öffnete die Tür seines Wagens mit dem Schlüssel per Funksteuerung, ließ sich auf den Fahrersitz fallen, drehte den Schlüssel um und wollte gerade den Wagen starten, als er seltsame Geräusche im Wageninnere vernahm. Er hatte gelernt, dass man in solchen Fällen, sofort aussteigen müsste, um aus sicherer Entfernung den Wagen zu betrachten. Feuer könnte ausbrechen oder ähnliches. Darüber brauchte er sich keine Gedanken mehr zu machen. Es gab einen fürchterlichen Knall und der Wagen schien in abertausend, Einzelteile zu zerfallen. Feuerwehr und Polizei waren schnell vor Ort und legten den am Boden verharrenden erschrockenen Roland auf eine Bahre. „Wir bringen sie ins Krankenhaus zur Untersuchung. Können sie alle Körperteile bewegen?" Roland nickte und starrte ungläubig auf den Haufen Metall, der sein Wagen war. „Er steht unter Schock", rief ein Sanitäter seinem Kollegen zu. Beide schoben die Bahre in den Krankenwagen und fuhren davon. Zwischenzeitlich tat die Polizei ihre Arbeit. Das Ergebnis der Untersuchung war klar, es war ein Attentat, ein versuchter Mord, es galt ihm. Kommissar Braun besuchte Roland im Krankenhaus und wollte wissen, wem er wohl deutlich auf den Schlips getreten hätte. „Ich habe bei Norma Kirchner die Adresse ihres Bruders gestohlen. Es wusste niemand, dass ich dort war. Ich glaube nicht, dass Norma etwas damit zu tun hat." „Glauben ist nicht wissen, ich habe in meiner Berufspraxis schon alles erlebt, wir werden es sehen."

***

Das Attentat auf Roland Sievers sprach sich schnell herum. In solchen Fällen ist es üblich, dass man bis zum Abschluss der Untersuchung die Opfer schützt. Somit erhielt Roland im Krankenhaus Polizeischutz und der wachhabende Beamte nahm es mit seiner Position sehr genau. Immer häufiger musste Roland ihn darauf hinweisen, dass der angekündigte Besuch durchgelassen werden sollte. Zuerst besuchte ihn Herrmann Tröger, der Privatdetektiv. „Sie können nicht nach Frankreich in ihrem Zustand. Ich fahre für sie dorthin." Roland schüttelte den Kopf. „Ich kann sie nicht bezahlen. Das sagte ich Ihnen schon am Telefon." Tröger fuchtelte mit den Armen in der Luft herum und antwortete: „Der Fall wird immer interessanter. Ich fahre zu Frau Kirchners Bruder nach Frankreich, auf meine eigene Rechnung." Diese klare Ansage gefiel Roland und er stimmte dem Unternehmen zu. Der nächste Besucher bzw. Besucherin war Norma Kirchner, sie rannte auf Roland zu und wollte ihn umarmen. Er entzog sich dieser Umarmung und rief seinem Aufpasser zu: „Die Dame möchte gehen, zeigen Sie ihr den Ausgang?" Als der Polizist sie an den Arm fasste, wehrte sie sich vehement. „Hör mich an, Roland. Ich habe mit dem Attentat nichts zu tun, auch wenn man Dir das einreden will. Lass uns reden." Roland winkte dem Beamten zu und nickte. Dieser verließ das Zimmer und die gestresste Frau setze sich auf den einen freien Stuhl, der vor dem kleinen Esstisch stand. Roland blieb auf dem Bett sitzen. „Ich höre", murmelte er leise und Norma sprach sehr bedächtig. „Ich konnte mit niemandem darüber sprechen. Ich bin dazu verdonnert worden. Ich zahle jetzt einen hohen Preis, weil ich Dich informiere. Wichtiger als mein eigenes Leben ist die Hoffnung, Dein vollständiges Vertrauen zu gewinnen. Enzo Luisiano ist mein Bruder und war für längere Zeit die Geliebte von Luise. Über Enzo hatte sie auch Larissa kennen und schätzen gelernt. Die Ehe von Luise und Manfred Rewe war in Ordnung. Sie liebten sich, aber dennoch war ihre Sehnsucht nach etwas anderem sehr groß. Das andere war mein Bruder. Manfred wusste von der Beziehung und er forderte seine Frau auf, das

Verhältnis zu beenden. Eine intakte Ehe war für die Rewes wichtig, schon aus Gründen der geschäftlichen Partnerschaften. Das kleine Öl-Unternehmen brauchte Partner, um sich selbst entwickeln zu können. Auch sein Geschäftspartner Carsten Bremer durfte von der windigen Affäre nichts erfahren. Luise sah das ein und trennte sich von Enzo. Der wollte aber nicht klein beigeben. Er stand gehörnt neben sich und wollte für die Trennung Geld haben. Manfred Rewe überwies ihm unter dem Verwendungszweck „Spende" einen erheblichen Betrag, der ihm ein neues bescheidenes Leben ermöglichte. Manfred verlangte auch, dass er das Land verlassen sollte. So wurde aus meinem Bruder mit dem Namen Erich Kirchner Enzo Luisiano und er ging nach Südfrankreich. Wenn der Bruder entschädigt wurde, sorgte Larissa dafür, dass auch ich meinen Teil bekäme. Schließlich war ich ebenfalls Zeugin der Geschehnisse. Mir wurde das Wohnrecht in diesem Haus zugebilligt und ich brauchte keine Miete zu bezahlen. Wenn Du so willst, ich bekam Schweigegeld. Die Attentatsversuche auf

Luise und meiner Schwester Larissa blieben unaufgeklärt. Warum die beiden sterben sollten, ist für mich nach wie vor ein Rätsel. Bevor mein Bruder das Land verließ, fuhr er mit seinem Fahrrad am Seitenarm der Donau entlang, wie er es zweimal die Woche tat. Er sah Manfred Rewe am Rand stehen und auf das Wasser starren. Mein Bruder fuhr auf ihn zu, um mit ihm zu reden. Er geriet mit seinem Gefährt ins Schlingern und drückte Manfred über die Reling hinweg in den Fluss. Die Polizei konnte mit der Version meines Bruders leben, so bekam die Akte von Manfred Rewe den Vermerk Unfall. Niemand sonst wusste etwas von dem Verhältnis, nur genau fünf Menschen. Luise Bremer, lebt geistig krank im Pflegeheim. Manfred Rewe ist tot. Larissa Stankowiak ist tot. Enzo Luisiano lebt in Frankreich. Mehr kann ich zu dem Vorfall keinen Beitrag leisten. Du musst es mir glauben. "Norma war außer sich und plusterte sich richtig auf. Ihre knallroten Wangen fielen auf. Nun erhob sich Roland langsam von dem Bett, ging auf Norma zu und legte den Arm um die Frau. „Ich will Dir gerne glauben, aber wer zum Teufel hat ein Interesse an meinem Tod? Wer will verhindern, dass ich das Schicksal von Luise aufkläre, denn nur darum geht es.

***

Roman musste drei weitere Tage im Krankenhaus verbringen, um sich den Untersuchungen zu stellen, die nach so einem Attentat notwendig war. Er selbst fühlte sich gut und wollte so schnell wie möglich die Ursache des Anschlages ergründen. Norma scheidet aus, dachte er bei sich, denn sie scheint ehrlich ihm gegenüber gewesen zu sein, was ist mit Bremer? Er hatte kaum den Gedanken zu Ende gesponnen, besuchten Vater und Sohn ihn im Krankenhaus, der wachhabende Beamte verließ auf Geheiß von Roland nicht das Krankenzimmer. Er wollte mit den beiden nicht allein sein. Carsten Bremer schüttelte unaufhörlich den Kopf und murmelte. „Glauben Sie nicht, dass wir etwas damit zu tun haben. Wer sie aus dem Weg schaffen will, ist uns ein Rätsel." Wolfgang Bremer ergänzte „, wenn ich helfen kann, sagen Sie es bitte." Roland sah von einem zum anderen und schaute dabei missmutig in die Runde. „Ich weiß nicht, was ich getan habe. Ich will nur rausbekommen, was meiner Jugendfreundin und Ihre Frau so krank gemacht hat." Herr Bremer sen. Zog einen

Hocker zu sich heran, um darauf Platz zu nehmen. „Manfred, Luises erster Mann, war ein Freund von mir. Wir gründeten die Firma gemeinsam. Ich genoss sein ganzes Vertrauen. Er bat mich die Firma eintragen zu lassen, weil er, aus welchen Gründen auch immer, verhindert war oder selbst nicht in Erscheinung treten wollte. Ich konnte die Firma, auch aus steuerlichen Gründen, als Alleininhaber eintragen lassen. Manfred setzte ich dann als gleichberechtigter Geschäftsführer ein. Als er das erfuhr, war meinerseits keine Erklärung mehr möglich. Er zerstörte unsere Freundschaft und kämpfte fortan gegen mich, bis zu seinem tragischen Tod. Er hat geglaubt, ich hätte ihn absichtlich nicht als Mitinhaber eingesetzt, weil ich allein das Sagen haben wollte…“ „Wissen Sie wie das passiert ist“ wollte Roland wissen. „Ja, ein Fahrradfahrer drückte ihn ins Wasser. An der Wand muss er sich im Fallen das Genick gebrochen haben.“ „Wissen Sie auch, wer das war?“ „Natürlich, das war der Bruder von Norma Kirchner, der Frau, die ständig um Sie herumschwänzelt.“ „Unfall oder Mord?“ Nun wurde Wolfgang redselig. „In den polizeilichen Unterlagen steht Unfall. Ich glaube an Mord." Nachdem Wolfgang gesehen hatte, wie Roland nervös auf der Bettkante hin und her rutschte, sagte er, was sein Vater missmutig und kopfschüttelnd begleitete: „Meine Halbschwester Hannelore ist sich nicht sicher, ob ihr leiblicher Vater wirklich Manfred Rewe ist. Luise war während einer problematischen Lebensphase mit einem Handballtrainer fremdgegangen. In den Unterlagen ihrer Mutter fand sie diesbezügliche Korrespondenz. Meine Schwester wollte eine erbbiologische Untersuchung anstellen, fand aber keine tragenden Gegenstände ihres Vaters. Eine nachträgliche Obduktion lehnte Luise ab und auf die bohrenden Fragen von Hannelore, bekam sie keine Antworten. Hannelore wollte es wissen, schon aus erbrechtlichen Gründen war das für sie wichtig. Wäre sie nicht die leibliche Tochter, stände ich als ihr Stiefsohn an gleichberechtigter Stelle. Diese Geschichte ist auch der Grund für unsere ständigen Auseinandersetzungen." Roland zweifelte mittlerweile an den Aussagen aller Personen. Sein Anwalt, mittlerweile schon lange Zeit in Südfrankreich, meldete sich kurzfristig zurück. Er verhielt sich eigenartig. Bei einem persönlichen Besuch im Krankenhaus sagte er: „Enzo ist unschuldig. Ich werde seine Aussage protokollieren. Er hat mir Einblick in seine Unterlagen gegeben. Es war eindeutig ein Unfall und das steht auch im Polizeibericht." Roland traute auch seinem Anwalt nicht mehr und er schickte ihn mit warmen Worten nach Hause. „Ich brauche Sie nicht mehr, Herr Tröger." Kommissar Braun vom Polizeirevier 38 war überrascht, als Roland seine Erkenntnisse zu Protokoll bringen wollte. „Was Sie mir erzählen, Herr Sievers, ist gelinde gesagt abenteuerlich. Sie gehen davon aus, dass Manfred Sievers ermordet wurde? In den Unterlagen steht Unfall und daran kann ich nichts anderes deuten. Sie haben nichts Konkretes in der Hand, nur Vermutungen. Keine Staatsanwaltschaft würde den Fall neu aufrollen. Sie wohnen doch in Detmold. Fahren Sie da wieder hin und genießen Sie ihr

Rentendasein." Unzufrieden fuhr Roland an die Isar und spazierte die Straße entlang, auf der Enzo mit dem Fahrrad unterwegs war. An der Stelle des Todessturzes blieb er stehen. Der Hang war nicht steil, aber große Steine ragten aus der Böschung hervor. Daran könnte sich Manfred das Genick gebrochen haben. Umso mehr er die Unfallstelle betrachtete, kamen Fragen und Zweifel an der Unfalltheorie auf. Diagonal auf der anderen Straßenseite stand die Bierstube „Zum Würstel". Er betrat den kleinen Schankraum und war der einzige Gast. Er bestellte sich ein Bier und fragte ohne Umschweife den Wirt. „Ich bin ein Freund von dem Mann, der damals dort drüben verunglückt ist. Schrecklich." Der Wirt sah seinen Gegenüber misstrauisch an „Was für ein Schnüffler sind sie denn?" Roland lachte. „Ich bin Rentner und habe nur von der Geschichte gehört." Der Wirt schüttelte den Kopf. „Das war kein Unfall. Ich stand auf der Straße und habe eine Zigarette geraucht. Ich sah den Mann dort drüben, wie er auf den Fluss blickte. In dem Augenblick kam ein Fahrradfahrer und fuhr direkt auf den Mann zu. Das war Absicht. Ich sagte das auch der Polizei, die waren anderer Meinung. Sie nahmen mich nicht einmal als Zeugen an." Nun entschloss sich Roland selbst nach Südfrankreich zu fahren, um Enzo zu sprechen. Zuvor allerdings besuchte er abermals Luise im Pflegeheim. Oberschwester Renate nahm den Besucher an die Seite und sagte: „Wissen Sie etwas von einem Kloster. Außer Luises Tochter und Sohn kommt auch eine Nonne zu Besuch. Kennen Sie ein Kloster, mit der Frau Rewe in der Vergangenheit zu tun hatte" Roland schüttelte den Kopf: Haben Sie die Nonne nicht gefragt?" „Nein, sie kam immer, wenn ich nicht bei der Arbeit war. Übrigens haben, Pfleger, Ärzte und Kirchen jederzeit Zutritt zu unseren Patienten." Roland schenkte dieser Aussage keine große Beachtung, seine Reise führte jetzt nach Südfrankreich.

***

Das südfranzösische Dorf mit 304 Einwohnern (Stand 1. Januar 2018) befindet sich nicht weit von der spanischen Grenze an den ersten Ausläufern des Aspres 5 Kilometer westsüdwestlich von Thuir und 18 Kilometer südwestlich von Perpignan. Es liegt an einem steilen Hang eines Hügels, der von einer mittelalterlichen Burg mit einem Wachturm dominiert wird. Verkehrstechnisch erschlossen ist der Ort durch die Départementsstraße D48.* ziemlich einsam auf einem Hügel stand das kleine unscheinbare Häuschen von Enzo. Er selbst beschäftigte sich im Garten, als Roland auf ihn zukam. Enzo legte die Hacke beiseite und streckte Roland die Hand entgegen. „Ich habe schon auf sie gewartet. Ich wusste, dass Sie kommen." Die beiden Männer begrüßten sich und wollten gerade das Haus betreten, als Enzo sich noch einmal umdrehte und Roland an die Schulter fasste. „Schauen sie mal zum Horizont. Sie sehen Täler, Wiesen, kleine Berge und ganz hinten das Wasser. Hier lebt es sich wie in einem Paradies. Hier möchte ich eines Tages sterben und begraben werden und das im Angesicht der aufgehenden Sonne." Nun endlich betraten die beiden das kleine Holzhäuschen, um sich am Küchentisch gemütlich zu machen. „Wollen sie ein Gläschen roten Burgund?" Roland nickte und Enzo goss das Glas halbvoll. „Hätten wir uns besser gekannt, hätten wir alle Probleme auch telefonisch regeln können. Das habe ich ihrem seltsamen Schnüffler Herrn Tröger auch schon gesagt." „Was haben sie ihm gesagt?" „Ich habe ihm Unterlagen gezeigt und darauf hingewiesen, dass ich unschuldig am Unfalltod von Manfred Rewe war. Ich habe ihm eine Summe in die Tasche gesteckt und von ihm verlangt, alles auf sich beruhen zu lassen. Ich will mein Paradies hier nicht aufgeben müssen." Er nahm das Glas zur Hand, prostete Roland zu und nahm einen kräftigen Schluck. Roland genoss den Wein, er hatte den richtigen Geschmack. „Sie haben also meinen Detektiven bestochen?" „Ja, so kann man es sagen." „Okay, mir ist das egal. Ich will von Ihnen nichts. Mir ist es egal, was für ein Unfall das gewesen sein soll. Ich bin ein Jugendfreund von Luise Bremer geborene

Rewe. Ich möchte nur wissen, warum sie so krank geworden ist. Jemand muss Schuld an dieser Tragödie auf sich geladen haben und Sie, lieber Enzo, wissen mehr." Der Angesprochene konnte seine Nervosität nicht unterdrücken. Seine Hände zitterten, als er das dritte Glas zum Munde führte. Er zog die Augenbrauen in die Höhe, fuhr sich mit der rechten Hand durch seinen spärlichen Haaransatz und räusperte sich: „Meine Schwester, Hannelore Rewe, weiß seit Jahren nicht, wer eigentlich ihr leiblicher Vater ist. Sie besucht immer zwei Gräber, weil sie eben keine Ahnung hat, wer ihr Erzeuger ist. Für dieses geldgeile Weib geht es um die Erbschaft, wenn die Mutter eines Tages ihren Geist aufgibt. Die Mutter schweigt zu dieser alles entscheidenden Frage. Wenn ich Ihnen einen Rat geben darf, kümmern Sie sich um Hannelore und nur um Hannelore. „Die beiden Männer saßen noch lange zusammen, tranken und aßen Stangenweißbrot mit Salami. Enzo verabschiedete seinen Besucher mit den Worten: „Bleiben Sie noch zwei Tage hier, schauen Sie sich die Gegend an. Es ist hier einfach herrlich." Roland drehte sich um und antwortete: „Ich komme gerne wieder, wenn alle Fragen beantwortet sind. Ich übernachte in der kleinen Pension an der Hauptstraße. Von mir müssen Sie nichts befürchten, Sie müssen mich auch nicht bestechen.

Allez, au Revoir !

* (Quelle: Wikipedia)

***

Roland war wieder daheim. Von der Schönheit Südfrankreichs hatte er nicht viel sehen können. Wäre Enzo ein Bekannter gewesen, dann hätte man sich die Reisekosten sparen können, um alle Fragen telefonisch zu erläutern. So aber wurden ihm die Zusammenhänge in der Causa Luise immer deutlicher. Mittlerweile war er davon überzeugt, dass Luise nicht auf natürlichem Wege krank geworden ist. Warum sollte Tochter Hannelore die Übeltäterin sein, die ihrer Mutter nicht gut gesinnt war? Sie kümmerte sich rührend um Luise und hatte auch bereitwillig Roland auf den Aufenthaltsort ihrer Mutter hingewiesen. Und Wolfgang? Was er und sein Vater zu berichten hatte, klang logisch. Luise war mittlerweile sehr abgeschirmt. Schwester Renate passte genau auf, wer, welcher Besucher zu welcher Zeit bei ihr war. Als Roland bei seinem ersten Besuch nach der Frankreichreise wieder von Renate hörte, dass eine Nonne Luise besucht hatte, wollte er Genaueres darüber erfahren. Zuerst aber besuchte er Luise und hielt ihr für lange Zeit die Hand. Er streichelte sie und flüsterte ihr erneut Jugenderlebnisse ins Ohr. Luise sah mit gesenktem Kopf auf die Schwalbe in ihrer Hand und Roland meinte ein Lächeln zu erkennen. „Ich bin es Roland. Ich möchte so gerne wissen, warum du so krank geworden bist. Ich werde auch nicht ruhen, bis ich das in Erfahrung gebracht habe." Nun kannte er von der geheimnisvollen Nonne keinen Namen und kein Kloster. Schwester Renate versprach ihm, das nächste Mal die Nonne auszufragen. Meistens kam sie sehr schnell, wenn Renate unterwegs war und verschwand auch wieder so schnell. Als er Luise nach der Nonne befragte, erhielt er keine Rückmeldung, kein Blinzeln ihrer Augen, kein Zittern ihrer Hände, keine Reaktion. Die einzige Orientierung erhielt er von dem Pförtner, der die Ordensfrau auf dem Fahrrad gesehen hatte. Demnach konnte die Frau nur in der Nähe des Pflegeheims beheimatet zu sein. Auch die sich in der Nähe befindlichen Klöster konnten nicht weiterhelfen. Die Nonne blieb ein Phantom. Der Pförtner hatte etwas entdeckt und er teilte sein Wissen

Schwester Renate mit, die Roland sofort verständigte. Am Eingang, gegenüber der Pförtnerloge war eine Kamera befestigt und die hat die Nonne auf ihrem Fahrrad festgehalten. Roland sah sich das Bild in tausendfacher Vergrößerung an. Das Gesicht war nicht zu erkennen, aber deutlich genug den Habit. Sie hatte eine gemusterte Kordel um die Hüfte und am Halsansatz einen farbigen Absatz. Mit diesen Informationen klapperte Roland die Klöster ab. Überall erntete er Kopfschütteln. Es ist kein Habit aus deutschen Klöstern. Aus dem Ausland mit dem Fahrrad wird sie auch nicht gekommen sein. Augen und Ohren auf hieß, das derzeitige Motto. Schwester Renate versprach dies auch zu tun.

***

Roland war sich nicht sicher, was ihm noch an Recherchen möglich war. Die Tochter Hannelore war Enzos entscheidender Hinweis und dem wollte er zuerst folgen. Die Wohnung, in der Hannelore lebte, war nicht größer als fünfundvierzig Quadratmeter und spartanisch eingerichtet. Aus der Puste kam man schnell, wenn man die vierte Etage erreicht hatte. Luises Tochter war nicht erfreut, als sie den Mann vor der Tür stehen sah. „Was wollen sie hier? Ich erwarte keine Besuche." Dennoch ließ sie den Überraschungsgast ein. Ihm wurde keinen Platz und auch keine Getränke angeboten. Die Kommunikation vollzog sich im Stehen. „Ich habe Enzo gesprochen. Der ist wohl nicht gut auf Sie zu sprechen." Roland glaubte in Hannelores Gesicht ein Lächeln zu erkennen. Sie sagte: „Herr Sievers, ich habe von ihrer Suche nach der Krankheitsursache meiner Mutter erfahren. Ich gab ihnen den entscheidenden Hinweis zum Aufenthalt meiner Mutter. Ich habe mich gefreut, dass ein Jugendfreund ihr neue Stütze und Halt geben konnte. Jetzt sehe ich aber, dass Sie ganz andere Dinge im Kopf haben. Sie glauben nicht den Ärzten, sie glauben an eine Verschwörung und an diverse Erbansprüche, Todesnachrichten und weitere Hirngespinste, die sie hier ins Feld führen. Sie schrecken noch nicht einmal vor einer Reise nach Frankreich zurück, um sich mit dem Vollidioten Enzo, wie er sich jetzt nennt, zu unterhalten. Der zeigt wiederum mit dem Finger auf mich. Bravo Herr Sievers. Wenn Sie keine weiteren Fragen haben, dann gehen Sie in Ihr Hotel." Roland ließ sich nicht beirren. Er sprach auch nicht von der ominösen Nonne. Er wollte sie kitzeln, um neue Antworten auf alte Fragen zu bekommen. „Mich interessiert nur, wer Entscheidungsträger ist, wenn es um medizinische Maßnahmen geht, Sie als Tochter?" „Indirekt. Entscheidend ist ihr Ehemann Carsten Bremer." „Die Ärzte geben mir keine Auskunft. Warden regelmäßig Blutuntersuchungen durchgeführt und die inneren Organe kontrolliert durch Computermonografie?" Roland spürte, wie ungehalten Hannelore wurde: „Sind Sie Arzt?

Glauben Sie nicht, dass die Fachleute wissen, was sie tun. Meine Mutter leidet unter Demenz im letzten Stadium. Nun möchte ich das Gespräch beenden." Unmissverständlich zeigte sie auf die Tür und grußlos verließ Roland die Wohnung. Er war genauso schlau wie vorher. Plötzlich ging ihm ein Licht auf. Er dachte, „ich bin einfach zu freundlich mit meinen Fragen. Ich kann auch anders." Auf direktem Weg besuchte er Carsten Bremer. Dieser ließ ihn ohne langes Lamentieren in sein Wohnzimmer und bot ihm sogar einen Platz an. Roland blieb stehen und mit hochrotem Kopf schrie er: „Sie versuchen ihre Frau umzubringen, sonst hätte ich Sie mal gesehen an der Seite von Luise. An Demenz glaube ich nicht. Sie vergiften den Körper ihrer Frau." Seltsamerweise blieb Herr Bremer äußerlich ruhig. Wolfgang wollte seinem Vater helfen und dazwischengehen, doch dieser hielt ihn mit ausgestrecktem Arm zurück. „Ich wusste, dass Sie auf mich zukommen, um mich mit diesen Ungeheuerlichkeiten zu konfrontieren. Wie kommen Sie zu dieser Erkenntnis?" Roland wurde etwas ruhiger: „„ Weil sie betreut wird, aber nicht richtig untersucht. Man hat sie aufgegeben. Ich denke aber, sie nimmt Mittel ein, die den Zustand verschlimmern. Haben Sie daran mal gedacht? Sie als Ehemann können doch weitere Untersuchungen verlangen, warum tun Sie das nicht?" „Weil ich mich auf die ärztliche Meinung verlasse Herr Sievers, wenn ich Sie aber vom Gegenteil überzeugen darf, dann bin ich bereit, auf eigene Kosten von einer neutralen Fachkraft, ein neues Krankheitsbild von meiner Frau anfertigen zu lassen, wollen Sie das?" Roland nickte: „Ja, Sie würden mich damit überzeugen und ich könnte mich in aller Form entschuldigen." Nun warf Wolfgang seine Argumente ein: „Vater, Du wirst doch nicht diesen Nonsens mitmachen?" „Doch mein Sohn, ich mache das, damit die ewigen Spekulationen aufhören. Herr Sievers ist nicht der Einzige, der so denkt." Carsten Bremer organisierte, trotz Widerstands des Pflegeheims, eine externe Experten- kommission zur Generaluntersuchung seiner Ehefrau.

„Hast Du nicht noch einen Termin?", sagte Manfred zu seinem Vater und dieser nickte. Roland verließ etwas verwundert das Haus. Er war einerseits überrascht über seine eigene Lautstärke und andererseits über die freiwillige Maßnahme eine neue Ärztekommission zu bestellen, die Luise untersuchen würden. Roland saß gedankenschwer in seinem Wagen und konnte nicht losfahren. Er musste das Gespräch erst einmal verarbeiten. Vielleicht waren fünfzehn Minuten vergangen, als er aus dem Seitenfenster seines Wagens schaute und von einer Begegnung überrascht wurde. Schnell nahm er sein Handy zur Hand, um diese Szenerie im Bild festzuhalten. Vor dem Haus von Bremer stand Carsten und umarmte leidenschaftlich eine Frau. Sie küssten sich innig und drückten sich herzlich, dann gingen sie Arm in Arm in die Garageneinfahrt, um gemeinsam in ein Auto zu steigen. Roland fotografierte mehrmals, um die Begegnung detailliert festzuhalten. Norma war sein erster Gedanke. Zu ihr wollte er auf der Stelle fahren, um Rat einzuholen. Sie freute sich als sie Roland sah und umarmte ihn fest. „Ich habe Dich lange nicht gesehen, wo warst Du?" Er ging langsam an Norma vorbei und setzte sich auf das Sofa. Er hielt ihre Hand fest und zog sie neben sich auf das Sofa. Dann zeigte er ihr das Handy und die Aufnahmen. „Kennt Du die beiden?" Sie nahm ihre zweite, etwas stärkere Brille und schaute sehr intensiv auf den kleinen Bildschirm. „Das ist doch Carsten Bremer, die Frau kenne ich nicht, Moment warte mal." Sie schaute noch intensiver. „Wenn mich nicht alles täuscht, ist das Susanne, den Nachnamen kenne ich nicht, eine Freundin von Hannelore Rewe." „Wenn das seine Geliebte ist", nuschelte Roland „Dann ist die Frau so alt wie sein Sohn, ich frage Hannelore danach." Norma schüttelte den Kopf, „Das würde ich nicht machen, vielleicht bekommen wir das anders raus. Ich helfe Dir dabei, ich habe gute Kontakte." Roland ließ sich überzeugen, dass Norma vielleicht mehr Glück nach der Lösung hat als er. Er konnte der Anziehungskraft dieser Frau nicht widerstehen. Sie verstand es, ihm das Handy aus der Hand zu nehmen, ihm den oberen Hemdknopf zu öffnen und mit ihren Fingern seinen Halsansatz zu massieren. Er umarmte die Frau und küsste sie leidenschaftlich. Das Schlafzimmer war nicht weit und das schlechte Gewissen wurde für einen Augenblick ins Abseits gerückt. In den Folgetagen versuchte Norma ihre Beziehungen spielen zu lassen. Wer war die Frau auf dem Foto? Das Ergebnis stand frühzeitig fest. Es war Susanne Meinhard, eine Jugendfreundin von Hannelore Rewe. Es gab allerdings einen komplizierten Hintergrund. Hannelore muss auf der Recherche nach ihrer Abstammung ihre Freundin Susanne eingespannt haben. Die wird sich an Carsten Bremer herangemacht haben, um vielleicht Dinge zu erfahren, die ihrer Freundin helfen würden. Außerdem soll Susanne Meinhard eine Zeitlang als Callgirl gearbeitet haben. Die Informationen brachten ihm keine relevanten Erkenntnisse. „Ich bleibe am Ball", rief Norma, es macht Spaß in den Abgründen nach Unvorhergesehenem zu suchen." Sie lachte laut, aber Roland dachte an Luise und es schlug ihn das schlechte Gewissen.***

Roland war nicht weiter verwundert als ihn Carsten Bremer anrief. „Gemäß unserer Absprache", sagte er, „Hat meine neutrale Ärztekommission die Untersuchung nach Fremdstoffen im Körper vorgenommen. Professor Hindrich will mir das Ergebnis mitteilen. Kommen Sie zum Krankenhaus." Roland war sehr aufgeregt, endlich konnte er etwas Konkretes erfahren, vorausgesetzt Carsten Bremer hat die Ärzte nicht bestochen. Alles ist möglich. Als Roland an dem verabredeten Ort angekommen war, empfingen ihn beide Bremers. Der Sohn war immer dabei. In einem fein eingerichteten Besucherraum wurden sie von Professor Hindrich freundlich begrüßt. Der Professor wurde von seinen beiden Mitarbeitern, beides Oberärzte einer süddeutschen Klinik, links und rechts flankiert. Die Ärzte waren selbst Gäste und konnten daher nicht für die nötigen Getränke sorgen. Sie begannen sofort ihren Bericht. Der Professor sagte: „Unser Labor hat akribisch nach Substanzen gesucht, die nicht den allgemeinen Blutbildern entsprachen. Ich werde jetzt nicht mit medizinischen Begriffen um mich werfen, sondern in Alltagssprache gleich zur Sache kommen. Wir haben Substanzen gefunden, deren Einnahme auf lange Sicht zum Tode führen kann. Diese Substanzen lösen sich schnell nach der Einnahme in Form von Tabletten oder Tropfen auf und man kann die Verwendung kaum nachweisen. Die hiesigen Ärzte sind nicht von Fremdeinwirkung ausgegangen und konnten diese Medikamente auch nicht finden. Wir hatten das Glück, dass die Einnahme noch nicht lange zurücklag und wir deshalb die Substanzen finden konnten. Hier liegt eindeutig ein Verbrechen vor. Die Substanzen gibt es nicht in Deutschland, sind hier nicht zugelassen. Nun müssen wir den Fall der Polizei melden. Der Klinikleitung haben wir das bereits mitgeteilt. Die waren völlig von der Rolle." Carsten Bremer wandte sich an Roland. „Sie hatten recht, Ihre Vermutung stimmte." „Und?", fragte Roland entgeistert, „Gibt es eine Rettung, eine Hoffnung?" Professor Hinrich schüttelte sein graumeliertes Haar. „Nein, der Körper zerfällt. Sie hat vielleicht noch drei Monate."

Carsten Bremer, auch sein Sohn schienen geschockt zu sein, man sah es ihnen an. Wolfgang rief: „Das war Hannelore." Er erhob sich aus dem Sessel und lief aufgeregt nach draußen. Sein Vater folgte ihm. Er hielt ihn am Arm fest und sagte: „Verdächtige nicht Menschen, wenn Du keine Beweise hast. Lass die Polizei ihre Arbeit machen." Kommissar Braun wurde offiziell verständigt und der gesamte Behördenapparat nahm seine Arbeit auf. Luise wurde bewacht. Der Zutritt zur ihr wurde nur unter strengen Auflagen und für wenige Personen erlaubt. Carsten Bremer und Professor Hindrich wollten eine Verlegung veranlassen, doch Kommissar Braun wollte das nicht. Roland, der sehr nachdenklich wirkte, bekam zwei Aussagen nicht aus dem Kopf. Wenn die Mittel nach der Einnahme im Blutkreislauf verschwinden, ihre Wirkung hinterlassen und kurz darauf nicht mehr nachweisbar sind, muss der letzte Besucher der Urheber sein. Leider konnte sich niemand an den Besucher erinnern. Obwohl Luise stark bewacht wurde, durften nur Roland, Wolfgang, Carsten und Hannelore zu ihr.

Eine Nonne war nicht dabei. Außerdem mussten die Besucher eine Taschenkontrolle über sich ergehen lassen, bei allen Beteiligten war diese Durchsuchung negativ. Kommissar Braun wandte sich an Roland: „Ich will ihre Jugendfreundin nicht verlegen lassen. Ich will, dass die Verlegung öffentlich gemacht wird. Dann haben wir die Chance, dass der Täter noch einmal schnell handeln muss."

***

Aktivitäten lagen nicht mehr in den Händen von Roland. Jeder Schritt musste mit dem Kommissariat abgestimmt werden. Die Staatsanwaltschaft wurde aktiv, denn nun ging es wirklich und eindeutig um einen Mordversuch. Alle Freunde und Bekannten mussten bei der Staatsanwaltschaft vorsprechen und über sich intime Fragen ergehen lassen. Luises ganzes Leben wurde neu aufgerollt, von Detmold bis nach München, von Roland bis zu Carsten. Die Ölfirma stand im Mittelpunkt der Ermittlungen, sowie die finanziellen Beteiligungen. Die Erbfragen und Geschäftsbeziehungen, das private und geschäftliche Kapital. Gewinne und Verluste, Schulden und Kredite, alles wurde säuberlich in Akten vermerkt. Auch die Nonne wurde gesucht und nicht gefunden. Die Staatsanwaltschaft hatte andere Zugriffsmöglichkeiten als Privatpersonen, so sickerten nach und nach doch einige Erkenntnisse durch, Hannelore war nicht die leibliche Tochter von Luise. Der Erzeuger war unbekannt. Da Luise Hannelore als rechtmäßige Tochter hat eintragen lassen, hätte Hannelore am Tod ihrer Mutter das größte Interesse. Dann wäre sie Alleinerbin gewesen und ein nachträglicher Nachweis nicht mehr möglich. So verwirrt sich die Möglichkeiten anhören, so unwirklich ist die reale Vorgehensweise. Roland konnte und durfte nichts mehr tun. Alles war Polizeiarbeit. Kommissar Braun, der immer etwas mehr durchblicken ließ, als er beruflich durfte, rief Roland zu sich auf die Wache. Der Aktenstapel auf dem Schreibtisch war so hoch, dass man den kleinen Kommissar dahinter kaum sehen konnte. „Herr Sievers, sie haben frühzeitig erkannt, dass irgendetwas mit Frau Rewe nicht stimmte. Ihre eigenen privaten Recherchen waren uns auch von Nutzen. Ich möchte Ihnen unsere Erkenntnisse in dem ganzen Wirrwarr mitteilen. Enzo Luisiano ist ein Bruder von Norma Kirchner und Larissa Stankowiak. Die französische Polizei hat Enzo gestern verhaftet. Er wollte mengenmäßig, nicht zulässige Geldsummen in die Schweiz schaffen. Er konnte nicht nachweisen, woher die Beträge stammen. Zurzeit wird er verhört. Festgestellt wurde auch, dass er Summen an Norma Kirchner überwiesen hat, ohne rechtsgültige Belege." „Stopp", rief Roland! „Soweit ich das weiß, zahlt er für seine Schwester die Miete." „Das mag sein, dann muss aber die Quelle des Geldaufkommens nachweisbar sein. Ich sage Ihnen das alles, weil ich weiß, dass sie privat mit ihr zu tun haben. In diesem Augenblick findet bei Frau Kirschner eine Hausdurchsuchung statt. Das konnte ich Ihnen vorher nicht sagen." Roland rutschte nervös auf dem Stuhl hin und her. Er sagte: „Sie wissen doch, dass Manfred Rewe das Verhältnis seiner Frau vertuschen wollte und die Beteiligten mit Geldsummen ruhiggestellt hatte. Aus dieser Quelle stammte auch das Kapital von Enzo, der unter anderem seine Schwester das Wohnen ermöglichte." „Nein, Herr Sievers, das ist nicht ganz richtig, Enzo ist in Rauschgiftgeschichten verwickelt. Sein Lebensunterhalt ist sehr hoch." Entsetzt und teilnahmslos sah Roland auf die Wanduhr, die nicht die richtige Zeit anzeigte. Er dachte an

Norma und das aufkommende Misstrauen konnte er nicht weiter unterdrücken. Er flüsterte mehr zu sich selbst. „Norma denkt, dass die Überweisungsbeträge von Enzo legal sind. Auch ich hatte bei meinem Besuch den Eindruck, dass alles legal und sauber ist." Herr Braun drückte mit seiner rechten Hand den Aktenstapel etwas tiefer, damit er Roland besser sehen konnte. „Kennen Sie Herrmann Tröger? „Ja, das war mein Privatdetektiv." „Genau, der war bei mir auf der Wache und hat folgendes zu Protokoll gegeben. Hier lesen sie selbst." Roland nahm den Zettel zur Hand und las die Zeilen. „Ich Herrmann Tröger erkläre ausdrücklich und aus freien Stücken, dass ich für meine Tätigkeit von Enzo Luisiano mit zehntausend Euro fürstlich entlohnt wurde. Meine Tätigkeit bestand darin, Enzos Beteiligungen an allen legalen und illegalen Aktivitäten in Deutschland aus den Archiven streichen zu lassen. Der Betrag rechtfertigt nicht, dass ich meine berufliche Existenz aufs Spiel setzen würde, ich spende den Betrag für einen sozialen Zweck. „Roland stieg die Röte bis zu den Haarwurzeln im Genick. Er reichte den Zettel zurück und antwortete: „Ich wusste zwar von der Bestechung, das hatte Enzo mir erzählt, aber über die Finanzmitteln war mir nichts bekannt." Der Kommissar lächelte freundlich. „Warten Sie noch etwas, dann kann ich Ihnen sagen, was bei Frau Kirschner gefunden wurde oder auch nicht." Es verging eine geraume Zeit, da klingelte das Telefon bei Kommissar Braun. Roland hörte nur ein „Aha, so ist es, oje, danke", dann legte er den Hörer zurück auf die Gabel. „Herr Sievers, Frau Kirchner wird zum Verhör vorgeladen. Man hat Ihre Kontoauszüge zur Prüfung archiviert und man hat etwas gefunden, ein Nonnen-Habit."

***

Roland blieb wie angewurzelt auf seinem Platz sitzen. Zwei Polizisten führten in der Mitte laufend, die sehr blasse Norma in den Verhörraum. Als sie Roland sah, rief sie: „Das ist alles ein Irrtum, glaube mir." Er bekam keine Gelegenheit, mit ihr zu sprechen. Die Möglichkeit bekam er, als sie frei und ohne Begleitung bei Roland an der Tür klingelte. Der Wohnungsinhaber war überrascht, ließ die leicht zitternde Frau ein und bat ihr den Platz auf dem Sofa an. „Was ist los Norma? Du warst die Nonne bei Luise, was hast Du dort gemacht? Bist Du unschuldig? Hat man Dich frei gelassen?" Norma bekam ein Glas heiße Schokolade gereicht, an der sie ihre Hände wärmen konnte. „Es gibt keine Grundlage mich einzusperren. Ich habe jeden Betrag von Enzo ausgewiesen in Treu und Glauben, wusste aber nicht, wie er außer der bekannten Sache, sonst an Geld gekommen ist." „Und die Nonnenkleidung?" Norma fuhr fort: „Ich habe Dir versprochen zu helfen. Nachdem Du mir das Bild von der Susanne Meinhard gezeigt hast, wollte ich mehr über die Frau erfahren. Ich beobachtete sie und

lernte sie dann persönlich in Saloon-Bar"
kennen. Wir mochten uns sofort und stellten
große Übereinstimmungen fest. Wir
verabredeten uns für den nächsten und für
den übernächsten Tag. Unsere Gespräche
waren gut und wir kamen uns immer näher.
Sie lernte Carsten Bremer durch Hannelore
Rewe kennen. Der schätzte junge Frauen und
sie ganz besonders. Susanne hatte sich in
Carsten verliebt. Für sie war er ein väterlicher
Freund. Ihren eigenen Vater hatte sie sehr
früh verloren. Sie hatte ein
Einzimmerapartment. Sie bat mich ein
Päckchen aufzubewahren. Ich legte es
ungeöffnet auf die Sitzbank in meiner Diele.
Bei der unberechtigten Hausdurchsuchung
fand man dieses Paket und es wurde geöffnet.
Nun war klar, die gesuchte Nonne konnte nur
ich gewesen sein. Kommissar Braun glaubte
mir und hier bin ich nun." Roland nippte an
seiner Kaffeetasse, unbeirrt fuhr Norma fort
„du musst es mir nicht glauben, aber so ist es.
Die Nonne kann nur Susanne Meinhard
gewesen sein und sie wollte das
Kleidungsstück aus dem Haus haben, falls

Carsten einmal zu ihr kommen würde. Ihre Freundschaft zu Hannelore ist eine tiefe und innige. Ich hatte den Eindruck, es war der Hannelore recht, dass sich ihre Freundin in Carsten verliebt hatte." Roland hörte die ganze Zeit in gewohnter Ruhe zu und fragte: „Ist Dir etwas aufgefallen, was uns weiterhelfen würde?" Norma nickte, „Als ich bei ihr in der Wohnung war, sah ich auf dem Fenstersims ein Bild ihrer Mutter Luise. Der Rahmen war kaputt, das Bild zerknickt, so als hätte man es gegen die Wand geworfen." „Demnach könnte Susanne die Nonne gewesen sein. Was für ein Grund dafür hätte sie haben können?" „Vielleicht hat Hannelore sie missbraucht und als Werkzeug benutzt?" Roland wusste nichts anzufangen mit dieser Information. Dennoch wurde Kommissar Braun über alles haarklein informiert. Susanne Meinhard wurde verhört und das Ergebnis war ernüchternd. Sie hatte noch eine zweite Nonnentracht, die war für ihre Freundin Hannelore bestimmt, anlässlich einer Karnevalsfeier. Da sie aber nicht konnte, wollte Susanne mit mir, ihrer neuen älteren

Freundin das Erlebnis teilen, darum sollte sie das Päckchen aufbewahren für einen späteren Termin. Auch die Kordel stimmte nicht, es war keine bunte. Alle Spuren verliefen im Sand. Zu Susanne sei noch gesagt. Das Date ging von Carsten aus, als er sie sah. Sein Hang zu jungen Frauen war schon legendär. Susanne hatte sich aber wirklich in Carsten verliebt.

***

Roland wurde von Schwester Renate darüber informiert, dass der Pförtner eine Nonne festgesetzt hätte, die in das Institut vordringen wollte. Die Festsetzung wurde sehr unsanft vom Pförtner durchgeführt. Auch sie trug keine farbige Kordel. Ihre Beteuerungen zum Kloster der Servitinnen in München zu gehören, stellte sich als wahr heraus. Der Pförtner und die Krankenhausleitung entschuldigten sich in aller Form bei der Ordensschwester. Nachdem das Kloster erfahren hatte, worum es geht, gab es ein großes Verständnis von ihrer Seite. Luises Verlegung wurde öffentlich bekannt gegeben für die nächsten zwei Tage. Wie ein Lauffeuer sprach sich die Verlegung herum. Mittlerweile wurde auch der Tatbestand über den Grund der Verlegung bekannt. Roland hatte auch Norma nicht vorab informiert, denn etwas Misstrauen war bei ihm immer noch vorhanden. Sie fragte ihn: „Warum verlegt man Luise und warum hat man Enzo verhaftet?" Roland zuckte mit den Schultern: „Woher soll ich das wissen. Die Kripo ist dabei, den Fall neu zu bewerten. Ich weiß auch nur, was Kommissar Braun mir verraten hat. Er sagt mir auch nicht alles." Für Roland galt es jetzt abzuwarten. Er war noch ziemlich der Einzige, den man zu Luise durchließ. Ihr ging es zusehends schlechter. Roland versuchte sie zu beruhigen. Er streichelte ihre Wange und sprach immer wieder von den Schwalben. Bei dem Wort Schwalbe zuckten ihre Wangenknochen. Der Begriff schien bei ihr tief verwurzelt zu sein. „Ich hätte dich nie gehen lassen dürfen. Ich war dumm. Du warst meine erste große Liebe und die bewahrt man im Herzen. Bei mir war es nicht so. Das Leben hat mich geprägt und alle angenehmen Erinnerungen ins Abseits gedrückt. Es tut mir nachträglich leid." Er küsste ihre Hände und flüsterte: „Bitte hab die Kraft und genese. Komm wieder zurück." Roland glaubte, einen Druck ihrer Hand zu spüren. Vielleicht war es auch ein Trugschluss, eine Hoffnung, die sich nicht erfüllte. Von dem Satz, den sie kürzlich erst sprach, war sie weit entfernt. Sie versank immer mehr in ihre eigene Welt und Roland, sowie alle Familienangehörige und Freunde mussten erkennen, dass diese Frau nie mehr in das reale Leben zurückfinden wird. Carsten Bremer als Ehemann fand auch den Weg zurück zu seiner Frau, seitdem er von dem Mordversuch erfahren hatte. Er blieb auch mit Roland in ständiger Verbindung. Von dem Verhör seiner Geliebten sprach er nicht. Er wusste, dass alle Beteiligten im Verdacht standen und Verhöre über sich ergehen lassen mussten. Die Androhung einer Verlegung hatte zum Ziel, die Attentäterin oder Attentäter aus der Reserve zu locken. Genau dies war auch der Fall, aber es war ein erfolgloser Versuch. Wieder wurde eine Nonne mit der berühmten farbigen Kordel erwischt, wie sie ihr Fahrrad an der Pförtnerloge vorbeischob. Als sie aber spürte, dass Wachpersonal sie entdeckte und sie greifen wollte, sprang sie auf ihr Fahrrad und fuhr in Eile davon. Aus ihrem Fahrradkorb verlor sie bei ihrer Flucht ein rotes Halstuch mit der Inschrift „Tasso-Boutique". Es war wenigstens ein Hinweis, den die Polizei sofort nachging. Das Tuch hatte Seltenheitswert und die Inhaberin der Boutique konnte sich an die Käuferin noch gut erinnern. Ihre

Beschreibung passte einerseits auf Hannelore Sievers und andererseits auf Susanne Meinhard. Beide Frauen wurden jetzt offiziell vorgeladen, mit dem Hinweis bei Nichterscheinen in die U-Haft genommen zu werden. Beide Frauen waren nicht auffindbar. Carsten Bremer gab zu Protokoll, dass beide Freundinnen für paar Urlaubstage ins Ausland geflogen sind. Herr Bremer wurde damit konfrontiert, dass er von der bevorstehenden Verhaftung gewusst hätte und die beiden zu der Auslandsreise gedrängt hätte. Carsten verneinte diese Anklage vehement. Er sagte: „Ich habe freiwillig eine Extrauntersuchung meiner Frau veranlasst. Man verdankt mir den derzeitigen Aufklärungsstand. Die beiden Frauen sind von sich aus verreist." Vorsorglich wurde die beiden international zur Fahndung ausgeschrieben.

***

Hannelore und Susanne waren beide im Ausland, mit dem Wissen von Carsten Bremer, Roland war wütend, als er ihn anrief: „Das haben sie doch gewusst, dass beide verhaftet werden sollen. Sie haben die Taten an ihrer Frau gedeckt." Carsten unterbrach ihn; „Langsam Herr Sievers, beruhigen Sie sich. Susanne ist meine Freundin und Hannelore meine Stieftochter. Ich muss beide schützen, weil sie unschuldig sind. Solange es keine schlüssigeren Beweise gibt als ein dämliches Halstuch, solange halte ich die Hand über beide." Roland war wütend, das Halstuch war eine Spur und damit könnte man die Frauen konfrontieren und Geständnisse entlocken. Leider waren beide Frauen nicht auffindbar. Roland verspürte keine Lust mehr, auf irgendein Lebenszeichen von Luise zu warten. Er besuchte sie täglich, redete mit Engelszungen auf sie ein und wartete vergeblich auf ein Zeichen. Im Gegenteil, Roland spürte den zunehmenden Verfall seiner Jugendfreundin. Schwester Renate konnte ihm auch keine positive Nachricht geben. Sie drückte sich vorsichtig aus. „Herr Sievers, Sie müssen sich mit dem Gedanken vertraut machen, dass ihre Jugendfreundin nicht mehr lange bei uns ist." Roland sah das zwar ähnlich, wollte aber nicht aufgeben. „Ich versuche es so lange, bis sie sich nicht mehr bewegen kann." Norma war ihm eine große Stütze. Er nahm sie nicht mehr mit zu Luise. Der plötzliche Angstschrei, als sie Norma sah, ging ihm nicht mehr aus dem Kopf. Er fragte sie: „Hast Du eine Ahnung, warum sie so reagierte, als sie Dich sah?" „Ich kann mir nur vorstellen, dass sie mich verwechselt hat. Ich habe Luise mit meiner Schwester vielleicht dreimal gesehen. Es gibt aber eine Erklärung vielleicht. Ich hatte mit meiner Schwester öfters Streit. Es ging um belanglose Themen, aber Geschwister sind so. Ich habe ihr damals einen Freund ausgespannt und das hat sie mir sehr übelgenommen. Diese Streitigkeiten hat Luise mitbekommen. Vielleicht sitzt das noch in ihrem Unterbewusstsein fest." „Vielleicht" antwortete Roland ohne weitere Anteilnahme. Das Gehörte war nicht vom großen Interesse. Der Mordversuch stand im Vordergrund seiner Betrachtung. Er wollte unbedingt den Täter oder die Täter fragen, warum ihnen ein Menschenleben so wenig bedeuten würde. Roland teilte seine Gedanken mit Norma. Sie gingen alle Vorkommnisse noch einmal durch Detail für Detail. Enzo, der Luises Mann überfahren hatte und freigesprochen wurde. Carsten Bremer, der nicht wollte, dass die Mordandeutungen seine private und geschäftliche Zukunft beeinträchtigen würde. Alle beteiligten Personen, die davon wussten, wurden mit Geld zum Schweigen gebracht. Der Unfallfahrer Enzo wurde ins Ausland abgeschoben. Hätte Luise das Drama überlebt und hätte man dann festgestellt, dass Hannelore nicht die leibliche Tochter von Manfred Rewe ist, wäre sie ihrem Stiefbruder gleichgestellt. Luises Tod allerdings würde das Grab auch über alle Fragen abdecken, darum ist der Tod unweigerlich notwendig, und zwar nur für Hannelore. Luises Verlegung wurde zum Gesprächsthema. Man erhoffte sich nach wie vor, dass man die Übeltäter überführen könnte. Die Kripobeamten, die Stationsschwestern und das Wachpersonal waren auf der Hut. Weder Roland noch die Bremers durften dabei sein. Carsten rief Roland an und sagte mit etwas tränenerstickter Stimme. „Ich habe die Frauen ins Ausland geschickt, aber nicht gewollt, dass die Interpol sie jagt. Ich wollte sie nur aus den Schusslinien bringen. Sie sind beide nach Südfrankreich zum Enzo geflogen. Susanne hat man mit Enzo festgesetzt, man wirft ihnen Rauschgifthandel vor. Ich fliege jetzt runter, um wenigstens Susanne herauszuholen. Übriges ist Hannelore nicht dabei. Wo sie jetzt ist, weiß niemand."

***

Wolfgang Bremer machte sich Sorgen um seinen Vater, der nach Südfrankreich unterwegs war. Er machte sich auch Sorgen um seine Stiefmutter Luise. Er rief Roland auf dem Handy an: „Wenn Luise überwacht wird, vom Klinikpersonal, von Sicherheitsbeamten und von der Polizei. Wer kennt denn eigentlich die ganzen Leute?" „Sie haben Recht Herr Bremer, ich kümmere mich darum." Roland rief Schwester Renate an, von der er aus Sicherheitsgründen die Telefonnummer gespeichert hatte. Er bat sie in aller Deutlichkeit, die Menschen um Luise herum zu beobachten, wer und wann Zugang zu ihr hatte oder hat. Was danach geschah, war eine Reihe von Zufällen. Der Gastprofessor Hindrich aus Süddeutschland war noch im Haus und wollte die sogenannte Verlegung der Patientin überwachen. Schwester Renate kannte fast alle Pflegerinnen und Pfleger zumindest vom Ansehen her. Mit äußerster Konzentration beobachtete sie alle Mitarbeiter, Sicherheitsbeamte und Polizisten. Ein Pfleger fiel ihr auf, den sie noch nie gesehen hatte. Er war groß, braungebrannt, hatte eine Mund-Nasen-Maske um das Kinn hängen und trug durchweg eine weiße Kleidung. Schwester Renate wandte sich an Kommissar Braun, der seine Leute auf der Station einweisen wollte. „Herr Kommissar. Es gibt hier einen Pfleger, den ich zuvor noch nie gesehen habe. Können Sie den nicht einmal überprüfen? Ich mache mir Sorgen, dass wir nicht abschätzen können, was geschehen wird." Kommissar Braun nickte, gab der Schwester einen leichten freundschaftlichen Druck an die Wange und ging seiner Arbeit nach. Als er den besagten Pfleger die Station entlang gehen sah, postierte er zwei Beamte an den jeweiligen Ausgängen. Er selbst sprach den Pfleger an: „Zu welcher Station gehören Sie". „Zu dieser", antwortete ein unsicherer Mann und das fiel dem Kommissar sofort auf. „Ich möchte den Inhalt Ihrer Tasche sehen und weisen Sie sich bitte aus." Der Pfleger tat so, als wolle er in seine Tasche greifen, als er sich plötzlich umdrehte und den Flur entlanglief, direkt in die Arme des bereitstehenden Polizisten. Als sich Kommissar Braun näherte, rief er dem Pfleger zu „Kann ich jetzt Ihre Taschen sehen?" Er selbst griff in die Tasche des vermeintlichen Pflegers und zog eine geladene Spritze hervor. Er besah sich die Spritze und reichte sie dem Polizisten, der weiße Handschuhe trug und sagte zu ihm. „Ab ins Labor damit", den Festgesetzten fragte er: „Für wen war die Spritze gedacht?" Er erhielt keine Antwort. Auch auf die Frage nach seinem Namen und Wohnort sagte er nur „Man nennt mich Thomas und ich bin Pfleger. Ich möchte meinen Anwalt sprechen." Der Pfleger wurde von der Polizei in einen separaten Raum geführt und dort mit Handschellen versehen. Schnell sprach sich die Festnahme des Pflegers herum. Professor Hinrich erhielt Informationen über den Inhalt der Spritze, die dem Kommissar flüsternd mitgeteilt wurde. Nun lag es an Kommissar Braun, den Pfleger zu einem Geständnis zu zwingen. Er setzte sich auf die Tischkante und sah seinen auf dem Stuhl sitzenden Gegenüber an. „Also Herr Thomas. In der Spritze befand sich tödliches Gift. Ich verhafte Sie wegen Mordversuch. Alles, was sie jetzt sagen, kann gerichtlich gegen Sie verwendet werden." „Ich möchte einen Anwalt haben". „Jederzeit und immer. Zuvor sage ich Ihnen folgendes. Aus Mordversuch kann Mord werden. Aus zehn Jahre Haft, lebenslänglich. Sie können sich das aussuchen. Wenn Sie im Auftrag gehandelt haben, nennen Sie mir jetzt den Auftraggeber. Jede Aussage kann ihre Strafe reduzieren. Ihr Anwalt würde Ihnen dasselbe sagen. Also Herr Thomas, ich höre." Thomas Handschellen waren mit der Stuhllehne befestigt. Er rutschte nervös auf dem Stuhl hin und her. Plötzlich liefen ihm die Tränen, die ein beisitzender Beamter mit einem Taschentuch trocknen musste. Er stotterte: „Ich liebe diese Frau. Ich war ihr hörig, sie konnte mit mir machen, was sie wollte. Ich hätte alles für sie getan, ich bin selbst nicht mehr bei mir. Es ist gut, dass sie mich noch rechtzeitig gefunden haben. Ich hätte diese Frau getötet." „Welche Frau meinen Sie?" „Luise Rewe, die soll doch heute oder morgen verlegt werden." Der Kommissar wurde ungeduldig, „Wer hat Sie dazu beauftragt?"

Thomas wünschte sich ein Glas Wasser, das er auch unverzüglich bekam. Dann sagte er: „Ich erzähle Ihnen alles, aber im Beisein meines Anwalts." Thomas wurde unter schwerster Bewachung zum Präsidium gefahren. Die Vorsichtsmaßnahmen um Luise blieben vorerst noch bestehen.

***

Kommissar Braun und sein Stellvertreter, saßen Thomas und seinem sehr jungen Anwalt gegenüber. An den Anwalt gerichtet, sagte der Kommissar. „Sagen Sie Ihrem Mandanten, dass es zwei Möglichkeiten für ihn gibt. Eine Mordanklage, denn der Mordversucht wäre vollendet gewesen, hätten wir ihn nicht vorab geschnappt, oder eine Anklage als Mordversuch, denn getötet hatte er noch nicht. Umgerechnet wäre das entweder lebenslänglich hinter Gitter oder zehn Jahre, bei guter Führung eher in die Freiheit. Das geht nur, wenn er jetzt singt wie ein Vögelchen. Ich möchte alles wissen, wer seine Auftraggeber sind, wie oft er nachts auf die Toilette muss und ob er mit dem Attentat auf Roland Sievers zu tun hatte. Ich will alles wissen. Sagen Sie ihm das, wenn er mir jetzt nicht zuhören will, und weiterhin so ein dämliches Gesicht macht." Der Anwalt flüsterte seinem Mandanten etwas ins Ohr, dann sagte er: „Kann ich mit meinem Mandanten allein sprechen?", Braun nickte „Ich gebe Ihnen zehn Minuten." Die beiden Kripobeamten begaben sich nach draußen.

Mit einem Pappbecher Kaffee in der Hand fragte Braun seinen Kollegen. „Weiß man wo Herr Sievers steckt, nicht das der auf dumme Gedanken kommt." Brauns Kollege schüttelte den Kopf, „dann suchen Sie ihn, ich gehe wieder rein." Im Verhörraum hatte sich die Spannung gelegt. Der Anwalt sagte: „Mein Mandant will reden, will aber das Versprechen schriftlich haben, dass er nicht des Mordes angeklagt wird." Unwirsch antwortete Braun: „Wir schließen hier keine Verträge. Das Protokoll ist entscheidend und meine Aussage vor Gericht, also los, singen Sie." Thomas räusperte sich zweimal, dann begann er seinen Monolog. „Ich lernte in einer Kneipe zu später Stunde eine Frau kennen. Ich mochte sie sofort. Von ihr ging eine Aura aus, die mich umnebelte. Ich war ein Gefangener und spürte nicht, wie diese Frau ein Netz über mich stülpte. Sie gab mir das, was ich suchte. Erotik, Zuneigung ja sogar Liebe. Ich verfiel ihr mit Haut und Haaren. Sie erzählte mir von ihren Eltern. Sie wüsste nicht, ob Manfred Rewe ihr leiblicher Vater sei. Weil ihre Mutter keine klaren Aussagen machte, hasste sie ihre

Mutter und sie hasste auch die Bremers. Sie glaubte, dass sie vielleicht von Carsten Bremer abstammen könnte. Im Grunde hasste sie ihr ganzes familiäres Umfeld. Die einzige Chance, dass sie wieder leben konnte, musste der Tod der Mutter sein. Wenn sie tot ist, kann niemand mehr nachprüfen, ob sie nicht die leibliche Tochter von Manfred Rewe war. Es ging dabei um viel Geld im Erbfall. Sie beschwor mich ihr zu helfen. Ich sehe es ihrem Gesicht an Herr Kommissar, sie wollen den Namen hören. Ja, ich spreche von Hannelore Rewe. Ich war ihr verfallen und sie konnte mich fantastisch manipulieren. Immer wenn sie ihre Mutter besuchte, flößte sie ihr in Tablettenform Gifte ein. Hin und wieder musste ich mich als Nonne verkleiden und ihr auch Tabletten zuführen. Niemand wollte das die Frau stirbt, sie sollte nur in Ihrer Welt verharren. Es wäre so weitergegangen, wenn nicht der Jugendfreund aufgekreuzt wäre. Er musste mit seinen Recherchen aufhören und er musste getötet werden. In meinem Beruf war ich Elektroniker und hatte auch mit Sprengstoff zu tun. Ich baute die Bombe und hatte sie mit einem Warnsignal ausgestattet, damit er rechtzeitig das Auto verlassen konnte. Hannelore stand unter Druck. Nachdem Luises Verlegung bekannt wurde, musste sie final reagieren. Sie gab mir die Spritze und schickte mich als Pfleger ins Krankenhaus. Sie versprach mir viel Geld und Liebe." Thomas legte eine Pause ein und vernahm die Stimme des Kommissars. „Wo ist die Frau jetzt?" „Sie ist mit ihrer Freundin ins Ausland gereist. Sie wollte aber hier nicht fehlen und kam frühzeitig zurück. Mit meinem Handy sollte ich ihr eine SMS schicken mit einem Pluszeichen, dann würden wir uns bei ihr zu Hause treffen. Bei einem Minuszeichen heißt das so viel wie, es ist schiefgegangen, dann wäre sie geflüchtet." „Okay", brummte der Kommissar „ich gebe Ihnen jetzt Ihr Handy und dann schicken Sie ihr das Pluszeichen." Kommissar Braun kontrollierte den Sachverhalt und wies seine Leute an, nach der Bestätigung durch Hannelore, sie in ihrer Wohnung zu verhaften. Die Voraussetzungen waren gut, die schauerliche Tat restlos aufzuklären. Was war aber mit Roland?

***

Gegen allgemeine Erwartungen saß Roland mit Wolfgang Bremer zusammen in einer Kneipe. „Du konntest mich nicht leiden, wolltest, dass ich wieder verschwinde." Roland nippte an seiner Tasse Cappuccini und sah seinen Gegenüber erwartungsvoll an. Dieser konterte. „Das stimmt. Ich hatte genug Stress mit meiner Schwester und wollte nicht, dass nun noch ein Fremder mich aus dem Gleichgewicht bringen würde. Wir Bremers wurden doch für das ganze Elend der Welt verantwortlich gemacht. Und mal ehrlich, Sie haben doch auch geglaubt, dass wir Luises Ende herbeisehnten und indirekt stimmt es auch, aber anders als angenommen. Wir wollten nicht, dass sie auf Dauer in diesem Dämmerzustand leben müsste, dann lieber tot." Roland nickte verständnisvoll: „Ich verstehe, nur an Mord aus niedrigen Beweggründen hat wohl niemand gedacht. Übrigens haben Sie etwas von Ihrem Vater gehört?" „Ja, er hat mich angerufen. Er ist dabei seine Freundin auszulösen. Für Enzo kann er nichts tun, der wird angeklagt, wegen Rauschgiftbesitzes und Veräußerung. Damit hat er viel Geld gemacht. Hannelore allerdings fand er nicht. Sie war weg." Roland wurde hellhörig und er sagte: „Moment mal, wenn sie nicht in Frankreich bei ihrer Freundin ist, dann ist sie hier. Sie wird sich das Finale um ihre Mutter nicht entgehen lassen." „Was wollen Sie tun, die Polizei ist doch an dem Fall dran." Roland lachte: „Ich fahre zu ihr nach Hause, ist sie da, rede ich mit ihr. Ist sie nicht da, breche ich ein und schaue mich in ihrer Wohnung um." „Ich komme mit", rief Wolfgang begeistert, wurde aber sofort von Roland ausgebremst. „Auf keinen Fall, ich brauche hier draußen jemanden, wenn es mir an den Kragen geht." So wollten es beide halten und Roland beeilte sich nicht sonderlich schnell zu dem Haus und der Wohnung, in der man Hannelore vermutete. Er wusste nichts von Hannelores Rückkehr aus Spanien, auch wusste er nichts, von dem Pfleger Thomas, den man festgesetzt hatte. Roland stand vor Hannelores Tür und sah, dass sie nur angelehnt war. „Komm rein" hörte er eine, ihm wohlbekannte Stimme und er betrat vorsichtig den Innenraum.

Hannelore saß auf einem Stuhl inmitten ihrer Wohnung. Vor sich, auf dem kleinen Tischen neben ihr, lag eine Pistole, deren Lauf eindeutig auf den Besucher gerichtet war. „Das reicht, bleib dort wo du bist. Bei weiteren Schritten zu mir werde ich dich erschießen." Roland wusste sofort, dass diese Frau keine leeren Drohungen machte. Es war eine gefährliche Situation und er blieb wie angewurzelt stehen. „Warum tust du das?" Hannelore lachte schrill. „Weil ich am Ende bin, oder meinst du, ich wüsste nicht, was im Krankenhaus passiert ist. Ich habe alles verloren, auch mein Leben und das verdanke ich dir." Roland wagte einen weiteren Schritt auf sie zu und hörte die sich überschlagene Stimme der Frau. „Noch einen Schritt weiter und du stirbst vorzeitig, ich erzähle dir erst meine Geschichte, die du dann nachdenklich mit ins Grab nehmen kannst. Ich habe meinen Vater Manfred Rewe abgöttisch geliebt. Er war alles für mich. Als er auf tragische Weise starb, fiel eine Welt für mich zusammen. Nachdem die Mordtheorie aufgekommen war, fing ich an, die Welt zu hassen. Plötzlich kam das Gerücht auf, Manfred sei nicht mein leiblicher Vater, sondern ein Handballtrainer, den es allerdings nicht gab. So stellte ich meiner Mutter die Frage nach meiner Herkunft. Sie belog mich viele Jahre und erfand eine Geschichte nach der anderen. Mir ging es nicht um Erbrechte und finanzieller Sorglosigkeit. Mir ging es um die Wahrheit, die ich nicht erhielt. Meine Wut und mein aufkommender Hass richteten sich gegen meine Mutter. Der Gipfel der Unzumutbarkeit wurde erreicht, als meine Mutter sich scheinbar wohlfühlte in den Armen von diesem Ganoven Carsten Bremer, den sie schließlich auch noch heiratete. Dieser Scheißkerl hatte meinen Vater betrogen, um hinterher seine Frau zu ehelichen. Dann hatte der auch noch einen Sohn, der ebenfalls ein Abbild seines Vaters war. Die sollten später das Erbe meines Vaters bekommen, das konnte ich nicht zulassen. Bekäme man heraus, dass Manfred nicht mein leiblicher Vater war, dann hätte ich die schlechtesten Karten, auch in der Erbfolge. Gebe es meine Mutter nicht, würde alles so verbrieft sein, wie es sich gehört. Ich wäre die richtige Tochter von Manfred und die richtige Erbin seines Vermögens. Ich weiß bis heute nicht, wer nun mein Vater ist. Dann kam noch das Gerücht auf, der Widerling Bremer wäre mein Vater und mein Hass steigerte sich. Meine Mutter musste mundtot gemacht werden. Ich wollte nicht, dass sie stirbt, nur in einer anderen Welt leben sollte. Mein Plan wäre aufgegangen, doch dann kamst du. Zuerst hatte ich mich darüber gefreut, weil meine Mutter eine Abwechslung bekam und das Klinikpersonal sich dir zugewandt hatte. Ich bin davon ausgegangen, dass du gesehen hast, wie es ihr ergangen ist und du dann wieder verschwunden wärst. Ich wurde misstrauisch als du anfingst deine Nase tiefer in das Problem zu stecken, ich musste jetzt schneller handeln. Thomas war ein gefundenes Fressen für mich. Er war mir hörig. Im Bett konnte ich ihn gefügig machen. Er wäre für mich durch die Hölle gegangen. Hätte ich gesagt, spring in den Brunnen, hätte er das auch getan. Ich gab ihm eine Nonnenkleidung und wechselte mich mit ihm beim Besuch meiner

Mutter ab. Meine Freundin Susanne hatte mit dem allen nichts zu tun. Ich wollte Enzo aus der Schusslinie bringen und nahm das Angebot von Bremer an, mit Susanne nach Frankreich zu reisen. Als wir dort waren und sahen, in welcher Zwickmühle Enzo geraten war, wollte ich zurück. Meine Mutter war wichtiger für mein Ziel. Susanne blieb vor Ort, um zu helfen. Als ich hörte, dass man meine Mutter verlegen wollte, gab ich Thomas den Marschbefehl zum finalen Todesschuss durch eine Spritze. Das ist nun deutlich in die Hosen gegangen und die Polizei wird mich gleich holen. Siehst du, was ich in der Hand halte?" Roland sah mit bleichem Gesicht auf die Hand von Hannelore. Zwischen ihren Fingern hielt sie eine Kapsel. Sie sagte: „Das ist eine Zyankali-Kapsel. Wenn ich darauf beiße, bin ich kurz darauf tot. Zuvor aber werde ich dich erschießen. Willst du noch etwas sagen?" Bislang war Roland sehr ruhig, doch plötzlich fing er an zu zittern. Todesangst stieg in ihm auf. „Bitte tu es nicht. Ich wollte nur wissen, wie es meiner Jugendfreundin ergangen ist."

Er schloss die Augen, nachdem er gesehen hatte, wie Hannelore auf die Kapsel biss und die Pistole in seiner Richtung hielt. In diesem Augenblick stürzte Wolfgang Bremer durch die Tür und riss Roland zu Boden. Der Schuss aus Hannelores Pistole verfehlte sein Ziel. Sie hatte nicht mehr die Kraft, sich der neuen Situation zu stellen. Sie starb noch in derselben Minute, ohne ein weiteres Wort zu verlieren. Roland war völlig benommen, als er mithilfe Wolfgangs sich wieder aufrichtete. Er stammelte: „Du hast mir das Leben gerettet, Danke." Wolfgang klopfte ihm auf die Schulter und antwortete: „Du hast für Aufklärung gesorgt, danke."

***

Kurz nach Wolfgangs Rettungsaktion trafen auch Kommissar Braun mit seinen Leuten ein, Rettungswagen und Notärzte inklusive. Roland hockte noch benommen auf einem Stuhl, daneben stand Wolfgang und legte seinen Arm um die Schulter des Verängstigten. Ärzte kümmerten sich um die tote Hannelore und eine Betreuerin versuchte Roland vor einem bleibenden Schock zu bewahren. Wolfgang bot sich an, ihn nicht allein zu lassen, was Kommissar Braun dazu veranlasste zu sagen: „Ein Kollege fährt Euch nach Hause und wenn der Schock sich breitmacht, ruft die Betreuerin an. Das Protokoll fertigen wir später an, wobei die Sachlage einwandfrei geklärt ist." Wolfgang und Roland fuhren zusammen in Rolands Hotel und versuchten sich dort innerlich zu sammeln. Einen Tag später waren beide wieder bereit, das Erlebte aufzuarbeiten und dabei sachlich zu bleiben. „Was macht Dein Vater", fragte Roland, „Er hat mich angerufen. Er kommt morgen mit seiner Geliebten nach Hause. Susanne hat nicht gewusst, mit welchen Gedanken sich

Hannelore beschäftigt hatte. Sie scheint meinen Vater zu lieben. „Plötzlich und völlig unerwartet klingelte das Handy. Schwester Susanne war am anderen Ende der Leitung: „Herr Sievers, Luise Rewe geht es schlecht. Sie sollten kommen und sich verabschieden. Es geht zu Ende." Aufgeregt drückte er das Gespräch weg und zu Wolfgang gewandt sagte er: „Deiner Stiefmutter geht es schlecht. Kommst Du mit?" Er nickte und beide fuhren in das Krankenhaus. Luise hielt die Augen geschlossen. Arzt und Pflegepersonal verließen den Raum. An der einen Seite des Bettes saß Wolfgang und hielt ihre Hand, an der anderen Seite saß Roland und streichelte ihren Kopf. Plötzlich schlug Luise die Augen auf, sah von einem zum anderen und sagte klar und deutlich „Wolfgang Du hier? Roland wie schön. Sie versuchte seine Hand zu ergreifen, was ihr nicht mehr gelang. Sie flüsterte. „Immer wenn Du eine Schwalbe siehst, bin ich bei Dir." Ihr Kopf fiel zur Seite und ein letztes befreiendes Atmen war zu hören, dann endete Luises Martyrium. Die beiden Männer weinten, streichelten noch einmal ihren Kopf und gaben ihr einen Kuss auf die Stirn. Die Trauerbewältigung hielt nicht lange an, das reale Leben hatte sie wieder. Carsten Bremer mit seiner Susanne waren wieder in München und er übernahm die Organisation der Bestattung. So lange wollte Roland nicht mehr warten. Er versprach Wolfgang, mit ihm in Verbindung zu bleiben. Danach fuhr Roland wieder nach Hause. An Norma hatte er nicht mehr gedacht, zu schwer wogen die Erinnerungen an die letzten Tage. In Detmold lief Roland durch sein Haus wie ein Fremdkörper. Er ging wieder auf den Dachboden, wie er es zu Rentenbeginn tat und sah sich gelangweilt um „Alles muss weg" sagte er sich. Dann ging er zum Dachfenster, um das Licht ausdrücklich für sich zu nutzen. Auf dem Dach des gegenüberliegenden Hauses sah er Tauben oder waren es Schwalben? Ganz in sich gekehrt flüsterte er: Immer, wenn ich eine Schwalbe sehe, denke ich an Dich, mein Schwalbenkind. Nun ließ er seinen Tränen freien Lauf. Sein Handy klingelte und auf dem Dachboden war der Empfang nicht gut. So lief er herunter ins Wohnzimmer. Norma war am Apparat. „Warum wolltest Du Dich von mir nicht verabschieden? Hast Du etwas dagegen, wenn ich zu Dir komme. Ich fahre gleich los. Ach, hast Du ein Doppelbett?" Roland trocknete sich die restlichen Tränen und antwortete: „Ich habe alles, besonders habe ich offene Arme für Dich."

ENDE

Vita

Bernd Rosarius, geboren 1945 kurz vor Ende des
2.Weltkrieges. Als Einzelkind in einer schwierigen
Aufbauphase eines zerbombten Landes, wurde ihm
eine klassische und konservative Erziehung in Schule
und Elternhaus zuteil. Um sich in diesem Umfeld
zurecht zu finden, schrieb er mit 12 Jahren erste
Gedichte und Geschichten. In allem was er schrieb,
sind biografische Elemente enthalten. Der Beruf als
Kaufmann und staatl. gepr. Betriebswirt, sowie die
Fürsorge für die Familie standen auf der
Prioritätenliste ganz oben. Erst im Ruhestand fand
er die Möglichkeit zur Publikation.
Sein erster Gedichtband „Sturmwind – gedankliches
Inferno" erschien 2005 und sein zweiter
Gedichtband „Eiszeit – die Gewohnheit zu Besuch"
ein Jahr später. Er ist in mehreren Anthologien mit
Gedichten vertreten. Zwei eigene Anthologie-
Projekte mit über dreißig Autoren organisierte er
selbst: 2006 gründete er das intern. Literatur u.
Künstlerforum Garten der Poesie www.garten-der-
poesie.de

Seine große Leidenschaft ist die klassische Musik.

Werkverzeichnis

Nur ein Brief – Roman

Sándoreis Weg – Erzählung

Nicht wie du, Vater -Roman

Ich wollte mehr – Roman

Gottes Fingerzeig zurück – Roman

Weiße Kastanie – Erzählung

Meine Welt in Versen

(Gedichte - Sammelband